Traduzidos dos respetivos originais, com introduções e notas explicativas, os títulos desta coleção põem o leitor em contacto com textos marcantes da história da filosofia.

Poema sobre o Desastre de Lisboa em 1755

Títulos originais dos poemas:
Poème sur le désastre de Lisbonne, ou examen de cet axiome, tout est bien
e
Poème sur la loi naturelle

Tradução:
Hugo Barros

Revisão:
Edições Almedina

Capa:
Edições Almedina

ISBN 978-972-44-2750-8

Depósito Legal n.º

Paginação:
MJA

Impressão e acabamento:

para
EDIÇÕES 70
Julho 2023

EDIÇÕES 70, uma chancela de Edições Almedina, S.A.
Avenida Emídio Navarro, 81, 3D
3000-151 Coimbra
e-mail: editoras@grupoalmedina.net

Voltaire

Poema sobre o Desastre de Lisboa em 1755

seguido de Poema sobre a Lei Natural

Tradução de Hugo Barros

70

POEMA SOBRE O DESASTRE DE LISBOA EM 1755, OU EXAME DO AXIOMA *TUDO ESTÁ BEM*

Prefácio

Se houve momento em que a questão do mal físico mereceu a atenção de todos os homens, foi nesses eventos funestos que nos convidam à contemplação da nossa frágil natureza, como as pestes gerais que eliminaram um quarto dos homens no mundo conhecido, o terramoto que engoliu quatrocentas mil pessoas na China em 1699, o de Lima e de Callao, e por último o de Portugal e do reino de Fez. O axioma *tudo está bem* parece um pouco estranho àqueles que são testemunhas destes desastres. Tudo está ordenado, tudo é ordenado, sem dúvida, pela Providência; mas é demasiado óbvio que tudo, desde há muito, não está ordenado para o nosso bem-estar presente.

Quando o ilustre Pope escreveu o seu *Ensaio sobre o Homem*, e quando desenvolveu, nos seus versos imortais, os sistemas de Leibniz, do lorde Shaftesbury e do lorde Bolingbroke, uma multidão de teólogos de todas as confissões atacou esse sistema. Revoltavam-se contra este novo axioma de que *tudo está bem*, de que *o homem frui da felicidade na medida exata de que o seu ser é suscetível*, etc. Existe sempre um sentido a partir do qual se pode condenar um texto, e um sentido a partir do qual se pode aprová-lo. Seria muito mais razoável não prestar atenção senão às belezas úteis de uma obra, e não procurar nela um sentido odioso; mas uma das imperfeições da nossa natureza consiste em interpretar maliciosamente tudo o que pode ser interpretado, e em querer desacreditar tudo o que teve sucesso.

Acreditou-se, pois, ver nesta proposição, *tudo está bem*, a ruína do fundamento das ideias feitas. «Se tudo está bem — dizia-se —, é então falso que a natureza humana tenha caído. Se a ordem geral exige que tudo seja como é, então a natureza humana não foi corrompida; não teve, portanto, necessidade de redentor. Se este mundo, tal como é, é o melhor dos mundos possíveis, então não se pode esperar um futuro mais feliz. Se todos os males que nos oprimem são um bem geral, então todas as nações civilizadas erraram ao procurar a origem do mal físico e do mal moral. Se um homem devorado por animais ferozes contribui para o bem-estar desses animais e contribui para a ordem do mundo, se as desgraças de todos os indivíduos são apenas a consequência dessa ordem geral e necessária, então não somos senão rodas que servem ao funcionamento da máquina; não somos mais preciosos aos olhos de Deus do que os animais que nos devoram.»

Eis as conclusões que se extraíam do poema de Pope; e estas mesmas conclusões aumentavam também a celebridade e o sucesso da obra. Mas devia-se considerá-la sob um outro aspeto: seria necessário o respeito pela Divindade, a resignação que se deve às suas ordens supremas, a sã moral, a tolerância, que são a alma desse excelente texto. Foi o que fez o público; e a obra, tendo sido traduzida por homens dignos de a traduzir, triunfou tanto mais das críticas quanto elas revolviam sobre matérias mais delicadas.

É próprio das censuras violentas credibilizar as opiniões que atacam. Brada-se contra um livro porque teve êxito, imputamos-lhe erros: que acontece? Os homens, revoltados contra esses brados, assumem como verdades os próprios erros que esses críticos julgaram distinguir. A censura cria fantasmas para os combater, e os leitores indignados abraçam esses fantasmas. Os críticos disseram: «Leibniz, Pope ensinam o fatalismo»; e os partidários de Leibniz e de Pope disseram: «Se Leibniz e Pope ensinam o fatalismo, então tinham razão, e é nessa fatalidade invencível que é preciso crer.»

Pope tinha dito *tudo está bem* num sentido que era muito aceitável; e eles dizem-no hoje num sentido que pode ser combatido.

O autor do poema sobre o desastre de Lisboa de modo algum combate o ilustre Pope, que sempre admirou e amou: pensa como ele sobre quase todos os pontos; mas, atravessado pelas desgraças dos homens, ergue-se contra os abusos que se podem fazer deste antigo axioma: *tudo está bem*. Adota essa triste e antiga verdade reconhecida de todos os homens, de que *o mal existe na Terra*; reconhece que a expressão *tudo está bem*, tomada num sentido absoluto e sem a esperança de um futuro, não é senão um insulto às dores da nossa vida.

Quando Lisboa, Mequinez, Tetuão e tantas outras cidades foram engolidas com um tão grande número dos seus habitantes no mês de novembro de 1755, se os filósofos tivessem proclamado aos infelizes que mal escapavam das ruínas que «tudo está bem; os herdeiros dos mortos aumentarão as suas fortunas; os pedreiros ganharão dinheiro para reconstruir as casas; os animais alimentar-se-ão dos cadáveres enterrados nos destroços: é o efeito necessário de causas necessárias; o vosso mal particular não é nada, contribuireis para o bem geral», um tal discurso teria sido certamente tão cruel quanto o terramoto foi funesto. É isto que diz o autor do poema sobre o desastre de Lisboa.

Ele reconhece, por conseguinte, como toda a gente, que o mal existe na Terra, assim como o bem; reconhece que jamais filósofo algum pôde explicar a origem do mal moral e do mal físico; reconhece que Bayle, o maior dialético que alguma vez escreveu, não fez outra coisa senão aprender a duvidar, e que se combate a si mesmo; reconhece que existe tanta fraqueza na inteligência humana quanto misérias na sua vida. Expõe todos os sistemas em poucas palavras. Diz que só a revelação pode desatar esse grande nó que todos os filósofos enredaram; diz que a esperança de um desenvolvimento do nosso ser, numa nova ordem das coisas, pode apenas consolar as desgraças atuais, e que a bondade da Providência é o único asilo ao qual o homem pode recorrer nas trevas da sua razão e nas calamidades da sua frágil e mortal natureza.

P.S. — Infelizmente, é sempre necessário advertir que se deve distinguir as críticas que um autor faz a si próprio das suas respostas às objeções, e não tomar o que refuta pelo que adota.

Poème sur le désastre de Lisbonne, ou examen de cet axiome, tout est bien

(1756)

Poema sobre o desastre de Lisboa em 1755, ou exame do axioma *tudo está bem*

(1756)

Ô malheureux mortels ! ô terre déplorable !
Ô de tous les mortels assemblage effroyable !
D'inutiles douleurs, éternel entretien !
Philosophes trompés qui criez : « Tout est bien » ;
Accourez, contemplez ces ruines affreuses,
Ces débris, ces lambeaux, ces cendres malheureuses,
Ces femmes, ces enfants l'un sur l'autre entassés,
Sous ces marbres rompus ces membres dispersés ;
Cent mille infortunés que la terre dévore,
Qui, sanglants, déchirés, et palpitants encore,
Enterrés sous leurs toits, terminent sans secours
Dans l'horreur des tourments leurs lamentables jours !
Aux cris demi-formés de leurs voix expirantes,
Au spectacle effrayant de leurs cendres fumantes,
Direz-vous : « C'est l'effet des éternelles lois
Qui d'un Dieu libre et bon nécessitent le choix ? »
Direz-vous, en voyant cet amas de victimes :
« Dieu s'est vengé, leur mort est le prix de leurs crimes ? »
Quel crime, quelle faute ont commis ces enfants
Sur le sein maternel écrasés et sanglants ?
Lisbonne, qui n'est plus, eut-elle plus de vices

Ó infelizes mortais! Ó terra deplorável!
De todos os mortais assembleia abominável!
De dores inúteis sois o eterno sustento!
Filósofos ilusos que gritais: «Tudo está bem»;
Acorrei, contemplai essas ruínas terríveis,
Esses escombros, farrapos, cinzas danadas,
Essas mulheres e filhos uns sobre os outros amontoados,
Seus membros esparsos sobre mármores quebrados;
Cem mil desgraçados que a terra devorou,
Que, sangrentos, despedaçados e palpitantes ainda,
Soterrados, sem socorro terminam
Os seus lamentáveis dias num horror tormentoso!
Aos gritos silentes das suas vozes expirantes,
Ao espetáculo desolador das suas cinzas fumegantes,
Direis vós: «É efeito das leis eternas
Que de um Deus livre e bom não necessitam de escolha»?
Direis vós, vendo esse aglomerado de vítimas:
«Deus foi vingado; a sua morte é o preço pelos seus crimes»?
Que crime, que pecado cometeram essas crianças
No seio de sua mãe esmagados e sangrentos?
Lisboa, que já não existe, terá ela mais vícios

Que Londres, que Paris, plongés dans les délices :
Lisbonne est abîmée, et l'on danse à Paris.
Tranquilles spectateurs, intrépides esprits,

De vos frères mourants contemplant les [naufrages,
Vous recherchez en paix les causes des orages :
Mais du sort ennemi quand vous sentez les coups,
Devenus plus humains, vous pleurez comme nous.
Croyez-moi, quand la terre entr'ouvre ses abîmes,
Ma plainte est innocente et mes cris légitimes.
Partout environnés des cruautés du sort,
Des fureurs des méchants, des piéges de la mort,
De tous les éléments éprouvant les atteintes,
Compagnons de nos maux, permettez-nous les [plaintes.
C'est l'orgueil, dites-vous, l'orgueil séditieux,
Qui prétend qu'étant mal, nous pouvions être mieux.
Allez interroger les rivages du Tage ;
Fouillez dans les débris de ce sanglant ravage ;
Demandez aux mourants, dans ce séjour d'effroi,
Si c'est l'orgueil qui crie : « Ô ciel, secourez-moi !
Ô ciel, ayez pitié de l'humaine misère ! »
« Tout est bien, dites-vous, et tout est nécessaire. »
Quoi ! l'univers entier, sans ce gouffre infernal,
Sans engloutir Lisbonne, eût-il été plus mal ?
Êtes-vous assurés que la cause éternelle
Qui fait tout, qui sait tout, qui créa tout pour elle,
Ne pouvait nous jeter dans ces tristes climats
Sans former des volcans allumés sous nos pas ?
Borneriez-vous ainsi la suprême puissance ?

Que Londres, que Paris, mergulhadas em prazeres?
Lisboa está devastada, e dança-se em Paris.
Vós, espectadores tranquilos, espíritos intrépidos,

Contemplando o naufrágio de vossos irmãos [moribundos,
Buscais em paz as causas das trovoadas.
Mas se da sorte imiga sentis os golpes,
Mais humanos vos tornais e, como nós, chorais.
Crede-me, quando a terra entreabre os seus abismos,
A minha queixa é inocente e os meus brados legítimos.
Cercados por todos os lados pelas cruezas do destino,
Pela fúria dos malvados, pelos ardis da morte,
Provando os choques de todos os elementos,
Companheiros dos nossos males, consenti que nos [lamentemos.
É o orgulho, dizeis, o orgulho sedicioso,
Que julga que estando mal, podíamos estar melhor.
Ide interrogar as margens do Tejo;
Vasculhai nos escombros dessa sangrenta margem;
Perguntai aos moribundos, habitados de medo,
Se é o orgulho que clama «Ó céu, socorro!
Ó céu, tende piedade da humanidade miserável!»
Tudo está bem, dizes, e tudo é necessário.
Quê! O universo inteiro, sem este inferno abismal,
Sem engolir Lisboa, poderia ter sido ainda pior?
Estais seguros de que a eterna causa
Que tudo faz e tudo sabe, que tudo para ela criou,
Não nos lançaria nestes tristes climas
Sem gerar vulcões vivos sob os nossos pés?
Limitareis assim a Omnipotência?

Lui défendriez-vous d'exercer sa clémence ?
L'éternel artisan n'a-t-il pas dans ses mains
Des moyens infinis tout prêts pour ses desseins ?
Je désire humblement, sans offenser mon maître,
Que ce gouffre enflammé de soufre et de salpêtre
Eût allumé ses feux dans le fond des déserts.
Je respecte mon Dieu, mais j'aime l'univers.
Quand l'homme ose gémir d'un fléau si terrible,
Il n'est point orgueilleux, hélas ! il est sensible.
Les tristes habitants de ces bords désolés
Dans l'horreur des tourments seraient-ils consolés
Si quelqu'un leur disait : « Tombez, mourez tranquilles ;
Pour le bonheur du monde on détruit vos asiles ;
D'autres mains vont bâtir vos palais embrasés,
D'autres peuples naîtront dans vos murs écrasés ;
Le Nord va s'enrichir de vos pertes fatales ;
Tous vos maux sont un bien dans les lois générales ;

Dieu vous voit du même œil que les vils vermisseaux
Dont vous serez la proie au fond de vos tombeaux ? »
À des infortunés quel horrible langage !
Cruels, à mes douleurs n'ajoutez point l'outrage.
Non, ne présentez plus à mon cœur agité
Ces immuables lois de la nécessité,
Cette chaîne des corps, des esprits, et des mondes.
Ô rêves des savants ! ô chimères profondes !
Dieu tient en main la chaîne, et n'est point enchaîné ;

Par son choix bienfaisant tout est déterminé :
Il est libre, il est juste, il n'est point implacable.
Pourquoi donc souffrons-nous sous un maître équitable ?

Proibi-la-ás assim de exercer a sua clemência?
Não terá o eterno artesão prestes nas suas mãos
Meios infindos para os seus desígnios?
Desejo humildemente, sem ofender o meu senhor,
Que este abismo ardente de enxofre e salitre
Alumiado tivesse os seus fogos nos confins do deserto.
Respeito o meu Deus, mas amo o universo.
Quando o homem geme por um flagelo tão terrível,
Não é por orgulho, ai de mim, é por ser sensível.
Os tristes habitantes dessas regiões devastadas
No horror dos tormentos seriam consolados
Se alguém lhes dissesse: «Caí, morrei em paz;
Para felicidade do mundo destruíram os vossos asilos;
Outras mãos erguerão os vossos palácios abrasados,
Outros povos nascerão dentro de vossos muros tombados;
O Norte enriquecerá com as vossas perdas fatais;
Todos os vossos males são um bem segundo as leis gerais;

Deus olha-vos como aos vermes desprezíveis
Que vos vitimarão nos vossos túmulos.»
Que cruel discurso a desgraçados!
Às minhas dores, cruéis, não junteis a afronta.
Não, não deis a ver ao meu coração perturbado
Essas imutáveis leis da necessidade,
Essa cadeia de corpos, de espíritos e de mundos.
Ó sonho dos eruditos! Ó quimeras profundas!
Deus tem na mão a cadeia e não é encadeado([1]);

Por sua escolha benfazeja tudo está determinado;
Ele é livre, é justo, não é implacável.
Porque sofremos então às mãos de um senhor imparcial?([2])

Voilà le nœud fatal qu'il fallait délier.
Guérirez-vous nos maux en osant les nier ?
Tous les peuples, tremblant sous une main divine,
Du mal que vous niez ont cherché l'origine.
Si l'éternelle loi qui meut les éléments
Fait tomber les rochers sous les efforts des vents,
Si les chênes touffus par la foudre s'embrasent,
Ils ne ressentent point les coups qui les écrasent :
Mais je vis, mais je sens, mais mon cœur opprimé
Demande des secours au Dieu qui l'a formé.
Enfants du Tout-Puissant, mais nés dans la misère,
Nous étendons les mains vers notre commun père.
Le vase, on le sait bien, ne dit point au potier :
« Pourquoi suis-je si vil, si faible et si grossier ? »
Il n'a point la parole, il n'a point la pensée ;
Cette urne en se formant qui tombe fracassée,
De la main du potier ne reçut point un cœur
Qui désirât les biens et sentît son malheur.
« Ce malheur, dites-vous, est le bien d'un autre être. »
De mon corps tout sanglant mille insectes vont naître ;
Quand la mort met le comble aux maux que j'ai soufferts,
Le beau soulagement d'être mangé des vers !
Tristes calculateurs des misères humaines,
Ne me consolez point, vous aigrissez mes peines ;

Et je ne vois en vous que l'effort impuissant
D'un fier infortuné qui feint d'être content.
Je ne suis du grand *tout* qu'une faible partie :
Oui ; mais les animaux condamnés à la vie,
Tous les êtres sentants, nés sous la même loi,
Vivent dans la douleur, et meurent comme moi.

Eis o nó fatal que temos de desatar.
Curareis vós os nossos males ousando negá-los?
Todos os povos, tremendo sob uma mão divina,
Do Mal que negais procuraram a origem.
Se a Eterna Lei que move os elementos
Faz cair os rochedos pela força dos ventos,
Se os frondosos carvalhos se abrasam com o raio do trovão,
Não sentem os golpes que os mandam ao chão;
Mas eu vejo, eu sinto, o meu coração opresso
Exige auxílio ao Deus que o criou.
Filhos do Todo-Poderoso, mas nascidos na miséria,
Estendamos as mãos para o nosso pai comum.
O vaso, sabemo-lo bem, não diz ao oleiro:
«Porque sou tão vil, tão frágil e tão grosseiro?» (3)
Não tem o dom da palavra, não tem o pensamento;
Essa urna que ao formar-se cai e se despedaça,
Da mão do oleiro não recebe um coração
Que desejasse os bens e sentisse a sua desgraça.
«Essa desgraça, dizeis, é o bem de um outro ser.»
Do meu corpo sangrento mil insetos vão viver;
Quando a morte põe fim aos males que sofri,
Que belo consolo ser comido pelos bichos!
Tristes calculadores das misérias humanas,
Não me consoleis, que as penas me azedais;

Em vós não vejo senão o esforço impotente
De um orgulhoso infortunado que finge ser contente.
Não sou do grande *todo* senão uma frágil parte;
Sim; mas os animais condenados à vida,
Todos os seres que sentem, nascidos sob a mesma lei,
Vivem na dor e morrem como eu.

Le vautour acharné sur sa timide proie
De ses membres sanglants se repaît avec joie ;
Tout semble bien pour lui : mais bientôt à son tour
Un aigle au bec tranchant dévora le vautour ;
L'homme d'un plomb mortel atteint cette aigle [altière :
Et l'homme aux champs de Mars couché sur la poussière,
Sanglant, percé de coups, sur un tas de [mourants,
Sert d'aliment affreux aux oiseaux dévorants.
Ainsi du monde entier tous les membres gémissent :
Nés tous pour les tourments, l'un par l'autre ils périssent :
Et vous composerez dans ce chaos fatal
Des malheurs de chaque être un bonheur général !
Quel bonheur ! ô mortel et faible et misérable.
Vous criez « Tout est bien » d'une voix lamentable,
L'univers vous dément, et votre propre cœur
Cent fois de votre esprit a réfuté l'erreur.
Éléments, animaux, humains, tout est en guerre.
Il le faut avouer, le *mal* est sur la terre :
Son principe secret ne nous est point connu.
De l'auteur de tout bien le mal est-il venu ?
Est-ce le noir Typhon, le barbare Arimane,
Dont la loi tyrannique à souffrir nous condamne ?
Mon esprit n'admet point ces monstres odieux
Dont le monde en tremblant fit autrefois des dieux.
Mais comment concevoir un Dieu, la bonté même,
Qui prodigua ses biens à ses enfants qu'il aime,
Et qui versa sur eux les maux à pleines mains ?
Quel œil peut pénétrer dans ses profonds desseins ?
De l'Être tout parfait le mal ne pouvait naître ;

O abutre, implacável para a sua pobre vítima,
Dos seus membros sangrando come alegremente;
Tudo parece bem para ele, mas de súbito
Uma águia de bico cortante devora o abutre;
O homem com um chumbo mortal atinge essa águia
[altaneira:
Nos campos de Marte tal homem jaz sobre a poeira,
Sangrando de golpes cravado sobre uma massa de
[moribundos,
Serve de alimento hediondo às aves devoradoras.
Assim do mundo inteiro todos os membros sofrem,
Todos nascidos para os tormentos, uns por outros morrem.
E vós comporeis neste caos fatal
Dos infortúnios de cada ser uma felicidade geral!
Que felicidade! Ó mortal, fraco e miserável,
Gritais: «Tudo está bem», com uma voz lamentável;
O universo vos desmente, e vosso próprio coração
Cem vezes do vosso espírito vos dá a refutação.
Elementos, animais, humanos, tudo está em guerra.
É preciso confessá-lo, o *Mal* existe na Terra:
O seu secreto princípio nos é desconhecido.
Do autor de todo o bem o Mal terá saído?
O bárbaro Arimane ([4]), o negro Tifão ([5]),
A sofrer a sua lei tirânica nos condenarão?
O meu espírito não admite esses monstros odiosos
Que o mundo tremendo converteu outrora em deuses.
Mas como conceber um Deus, a própria bondade,
Que aos filhos que ama seus bens dispensou,
E que mãos cheias de males sobre eles derramou?
Que olhar penetrará nos seus profundos desígnios?
Do Ser todo perfeito o Mal não podia nascer;

Il ne vient point d'autrui, puisque Dieu seul est maître :
Il existe pourtant. Ô tristes vérités !
Ô mélange étonnant de contrariétés !

Un Dieu vint consoler notre race affligée ;
Il visita la terre, et ne l'a point changée !
Un sophiste arrogant nous dit qu'il ne l'a pu ;
« Il le pouvait, dit l'autre, et ne l'a point voulu :
Il le voudra, sans doute » ; et, tandis qu'on raisonne,
Des foudres souterrains engloutissent Lisbonne,
Et de trente cités dispersent les débris,
Des bords sanglants du Tage à la mer de Cadix.
Ou l'homme est né coupable, et Dieu punit sa race,
Ou ce maître absolu de l'être et de l'espace,
Sans courroux, sans pitié, tranquille, indifférent,
De ses premiers décrets suit l'éternel torrent ;
Ou la matière informe, à son maître rebelle,
Porte en soi des défauts *nécessaires* comme elle ;
Ou bien Dieu nous éprouve, et ce séjour mortel
N'est qu'un passage étroit vers un monde [éternel.
Nous essuyons ici des douleurs passagères :
Le trépas est un bien qui finit nos misères.
Mais quand nous sortirons de ce passage affreux,
Qui de nous prétendra mériter d'être heureux ?
Quelque parti qu'on prenne, on doit frémir, sans doute.
Il n'est rien qu'on connaisse, et rien qu'on ne redoute.
La nature est muette, on l'interroge en vain ;
On a besoin d'un Dieu qui parle au genre humain.
Il n'appartient qu'à lui d'expliquer son ouvrage,
De consoler le faible, et d'éclairer le sage.

Não é de outro([6]) que vem, pois só Deus é o senhor;
No entanto, ele existe. Ó tristes verdades!
Ó mistura espantosa de contrariedades!

Um Deus veio consolar a raça aflita;
Visitou a terra e nada a mudou!([7])
Um sofista arrogante diz-nos que não pôde;
«Podia, diz outro, mas não quis:
Irá decerto querer»; e, enquanto se cogita,
Fogos subterrâneos engolem Lisboa,
E de trinta cidades as cinzas se espalham,
Das margens sangrentas do Tejo ao mar de Cádis.
Ou o homem nasceu culpado, e Deus puniu a sua linhagem,
Ou o senhor absoluto do ser e do espaço,
Sem cólera, sem piedade, tranquilo, indiferente,
Dos seus primeiros decretos segue a eterna torrente;
Ou a matéria informe, ao seu senhor rebelde,
Traz em si defeitos *necessários* como ela;
Ou Deus nos põe à prova, e esta morada mortal([8])
Não passa de uma estreita passagem para um mundo
[eterno.
Sofremos aqui dores passageiras:
A morte é um bem que põe fim às nossas misérias.
Mas quando sairmos dessa terrível passagem,
Quem julgará merecer a felicidade?
Tome-se o partido que se tomar, há que tremer.
Nada se conhece, tudo se receia.
A Natureza é muda, é em vão que a interrogamos;
Precisamos de um Deus que fale ao género humano.
Só a Ele cabe explicar a Sua obra,
Consolar o fraco e iluminar o sábio.

L'homme, au doute, à l'erreur, abandonné sans lui,
Cherche en vain des roseaux qui lui servent d'appui.
Leibnitz ne m'apprend point par quels nœuds invisibles,
Dans le mieux ordonné des univers possibles,
Un désordre éternel, un chaos de malheurs,
Mêle à nos vains plaisirs de réelles douleurs,
Ni pourquoi l'innocent, ainsi que le coupable,
Subit également ce mal inévitable.
Je ne conçois pas plus comment tout serait bien :
Je suis comme un docteur ; hélas ! je ne sais rien.

Platon dit qu'autrefois l'homme avait eu des ailes,
Un corps impénétrable aux atteintes mortelles ;
La douleur, le trépas, n'approchaient point de lui.
De cet état brillant qu'il diffère aujourd'hui !
Il rampe, il souffre, il meurt ; tout ce qui naît expire ;
De la destruction la nature est l'empire.
Un faible composé de nerfs et d'ossements
Ne peut être insensible au choc des éléments ;
Ce mélange de sang, de liqueurs, et de poudre,
Puisqu'il fut assemblé, fut fait pour se dissoudre ;
Et le sentiment prompt de ces nerfs délicats
Fut soumis aux douleurs, ministres du trépas :
C'est là ce que m'apprend la voix de la nature.
J'abandonne Platon, je rejette Épicure.
Bayle en sait plus qu'eux tous ; je vais le consulter :
La balance à la main, Bayle enseigne à douter

Assez sage, assez grand pour être sans
[système,
Il les a tous détruits, et se combat lui-même :

Abandonado sem Ele, o homem, na dúvida, no erro,
Procura em vão caniços que lhe sirvam de apoio.
Leibniz não me ensina por que nós invisíveis,
No mais bem ordenado dos mundos possíveis,
Uma desordem eterna, um caos de desgraças,
Mescla os nossos vãos prazeres de dores reais,
Ou porque o inocente, como o culpado,
Sofre igualmente esse Mal inevitável.
Já não posso conceber como tudo estaria bem:
Sou como um doutor; infelizmente, não sei nada.

Platão disse que noutro tempo o homem tinha asas,
Um corpo impenetrável às maleitas mortais;
A dor, a morte não se aproximavam dele.
Quão longe estamos desse tempo glorioso!
Rasteja, sofre, morre; tudo o que nasce, expira;
Na destruição a natureza impera.
Um frágil composto de nervos e ossos
Não pode escapar ao choque dos elementos;
Essa mistura de sangue, líquidos e pó,
Uma vez reunida, logo se dissolve;
E o sentir imediato desses nervos delicados
Submeteu-se às dores, ministras da morte:
É isso que me ensina a voz da Natureza.
Abandono Platão, rejeito Epicuro,
Bayle sabe mais do que todos; vou consultá-lo:
De balança na mão, Bayle ensina a duvidar(9),

Demasiado sábio, demasiado grande para não ter
[sistema,
A todos destruiu, e a si mesmo combateu:

Semblable à cet aveugle en butte aux Philistins,
Qui tomba sous les murs abattus par ses
[mains.
Que peut donc de l'esprit la plus vaste étendue ?
Rien : le livre du sort se ferme à notre vue.
L'homme, étranger à soi, de l'homme est ignoré.
Que suis-je, où suis-je, où vais-je, et d'où suis-je tiré ?
Atomes tourmentés sur cet amas de boue,
Que la mort engloutit, et dont le sort se joue,
Mais atomes pensants, atomes dont les yeux,
Guidés par la pensée, ont mesuré les cieux ;
Au sein de l'infini nous élançons notre être,
Sans pouvoir un moment nous voir et nous
[connaître.
Ce monde, ce théâtre et d'orgueil et d'erreur,
Est plein d'infortunés qui parlent de bonheur.
Tout se plaint, tout gémit en cherchant le
[bien-être :

Nul ne voudrait mourir, nul ne voudrait renaître.
Quelquefois, dans nos jours consacrés aux douleurs,
Par la main du plaisir nous essuyons nos pleurs ;
Mais le plaisir s'envole, et passe comme une ombre ;
Nos chagrins, nos regrets, nos pertes, sont sans
[nombre.
Le passé n'est pour nous qu'un triste souvenir ;
Le présent est affreux, s'il n'est point d'avenir,
Si la nuit du tombeau détruit l'être qui pense.
Un jour tout sera bien, voilà notre espérance ;
Tout est bien aujourd'hui, voilà l'illusion.
Les sages me trompaient, et Dieu seul a raison.

Como o cego([10]) aprisionado pelos filisteus,
Que morreu debaixo das pedras que tombou com as
[próprias mãos.
Pode então o espírito aceder ao mais vasto horizonte?
Não; o livro da sorte fecha-se ao nosso olhar.
O homem, estranho a si, do homem é ignorado.
Quem sou, onde estou, para onde vou e de onde saí?([11])
Átomos atormentados sobre este monte de lama,
Que a morte engoliu e cuja sorte se joga,
Mas átomos pensantes, átomos cujos olhos,
Guiados pelo pensamento, mediram os céus;
Para o seio do infinito lançamos o nosso ser,
Sem um instante podermos ver-nos e conhecer-nos a
[nós próprios.
Este mundo, este teatro de orgulho e de erro,
Está cheio de desafortunados que falam de felicidade.
Todos se queixam, todos se lamentam buscando o
[bem-estar;

Ninguém quer morrer, ninguém renascer.([11])
Às vezes, nos dias consagrados às dores,
Pela mão do prazer enxugamos as nossas lágrimas;
Mas o prazer evapora-se, e passa como uma sombra;
Os nossos sofrimentos, remorsos, perdas, não têm
[conta.
Para nós, o passado resume-se a uma triste recordação;
O presente aterra, se o futuro não existir,
Se a noite do túmulo destrói o ser que pensa.
Um dia tudo estará bem, eis a nossa esperança;
Tudo está bem hoje, eis a ilusão.
Os sábios enganaram-me, e só Deus tem razão.

Humble dans mes soupirs, soumis dans ma
[souffrance,
Je ne m'élève point contre la Providence.
Sur un ton moins lugubre on me vit autrefois
Chanter des doux plaisirs les séduisantes lois :
D'autres temps, d'autres mœurs : instruit par la vieillesse,
Des humains égarés partageant la faiblesse,
Dans une épaisse nuit cherchant à m'éclairer,
Je ne sais que souffrir, et non pas murmurer.
Un calife autrefois, à son heure dernière,
Au Dieu qu'il adorait dit pour toute prière :
« Je t'apporte, ô seul roi, seul être illimité,
Tout ce que tu n'as pas dans ton immensité,
Les défauts, les regrets, les maux, et l'ignorance. »
Mais il pouvait encore ajouter *l'espérance.*

Humilde nos meus lamentos, submetido ao meu
[sofrimento,
Não me ergo contra a Providência.
Foi num tom menos lúgubre que me viram outrora
Cantar dos doces prazeres as sedutoras leis.
Outros tempos, outros costumes: instruído pela velhice,
Partilhando a fraqueza com os humanos perdidos,
Procurando na espessa noite iluminar-me,
Apenas sei sofrer, e não murmurar.
Um dia, um califa, na sua hora final,
Uma só prece dirigiu ao Deus que adorava:
«Ofereço-te, rei único e ser infinito,
Tudo o que não possuis na tua imensidão,
Os defeitos, remorsos, males e ignorância.»
Mas podia acrescentar ainda A ESPERANÇA.([13])

Notas

(1) A cadeia universal não é, como já se disse, uma gradação ordenada que liga todos os seres. Existe possivelmente uma distância imensa entre o homem e a besta, entre o homem e as substâncias superiores; existe o infinito entre Deus e todas as substâncias. Os globos que rolam em torno do nosso Sol não têm essas gradações invisíveis nem no seu volume nem nas suas distâncias nem nos seus satélites.

Pope afirma que não se pode saber porque as luas de Júpiter são mais pequenas do que Júpiter; mas engana-se; é um erro desculpável que pode ter escapado ao seu belo génio. Não há matemático que não tenha feito ver ao lorde Bolingbroke e ao senhor Pope que, se Júpiter fosse mais pequeno do que os seus satélites, eles não poderiam girar em torno dele; mas não há matemático que possa descobrir uma gradação ordenada nos corpos do sistema solar.

Não é verdade que, se retirássemos um átomo do mundo, o mundo não subsistiria; e foi isso que o senhor de Crousaz, geómetra erudito, muito bem assinalou no seu livro contra o senhor Pope. Aparentemente, tinha razão neste ponto, embora noutros tivesse sido implacavelmente refutado por Warburton e Silhouette.

Esta cadeia de eventos foi admitida e muito habilmente defendida pelo grande filósofo Leibniz; ela merece ser esclarecida. Todos os corpos, todos os eventos dependem de outros corpos e de outros eventos. Isso é verdade; mas nem todos os corpos são necessários à ordem e conservação do universo, e nem todos os eventos são essenciais à série dos eventos. Uma gota de água, um grão de areia a mais ou a menos nada alteram à composição geral. A natureza não está sujeita nem a uma quantidade precisa, nem a uma forma precisa. Nenhum planeta se move numa curva absolutamente regular; nenhum ser conhecido tem uma representação perfeitamente matemática; nenhuma operação exige uma quantidade exata: a natureza nunca age rigorosamente. Assim, não há nenhuma razão para garantir que um átomo a menos na Terra pudesse ser a causa da destruição da Terra.

O mesmo para os eventos: cada um tem a sua causa no evento que o precede; é uma coisa da qual nenhum filósofo alguma vez duvidou. Se não tivesse sido feita a cesariana à mãe de César, César não teria destruído a República, não teria adotado Octávio, e Octávio não teria deixado o Império a Tibério. Maximiliano casou com a herdeira da Borgonha e dos Países Baixos, e este casamento tornou-se a causa de duzentos anos de guerra. Mas que César tenha cuspido para a direita ou para a esquerda, que a herdeira da Borgonha tenha arranjado o cabelo desta ou daquela maneira, tal coisa não mudou certamente o sistema geral.

Existem, por conseguinte, eventos que têm efeitos e outros que não têm. A sua cadeia é como uma árvore genealógica; veem-se ramos que se estendem até à primeira geração e outros que continuam a linhagem. Muitos eventos ficam sem filiação. É por isso que em todos os mecanismos existem efeitos necessários ao movimento e outros efeitos indiferentes, que são consequência dos primeiros e que não produzem nada. As rodas de um coche servem para a sua marcha; mas que elas levantem um pouco mais ou menos de pó, a viagem faz-se da mesma maneira. Em suma, é esta a ordem geral do mundo, que os elos da cadeia não se quebrariam por um pouco mais ou menos de matéria, por um pouco mais ou menos de irregularidade.

A cadeia não existe num pleno absoluto; está demonstrado que os corpos celestes fazem as suas revoluções no espaço não-resistente. Nem todo o espaço está preenchido. Não há, por isso, uma série de corpos desde o átomo até à mais remota das estrelas; assim, pode haver intervalos imensos entre os seres visíveis como entre os invisíveis. Não é possível, portanto, garantir que o homem esteja necessariamente colocado num dos elos ligados entre si numa série ininterrupta. *Tudo está encadeado* não significa outra coisa senão que tudo está ordenado. Deus é a causa e o senhor desta ordem. O Júpiter de Homero era escravo dos destinos; mas, segundo uma filosofia mais depurada, Deus é o senhor dos destinos. Veja-se Clarke, *Traité de l'existence de Dieu.*

([2]) «*Sub Deo justo nemo miser nisi mereatur*», Santo Agostinho. [*A Cidade de Deus*, XX, I: «Sob um Deus justo ninguém é miserável se não o merecer».]

([3]) Referência à passagem da Carta aos Romanos, 9, 20–21: «Quem és tu, homem, para entrares em contestação com Deus? Dirá, porventura, o que é moldado àquele que o molda: "Porque me fizeste assim?" Ou não tem o oleiro poder sobre o barro para, da mesma massa, tanto fazer um vaso de luxo como um de uso vulgar?» Tradução portuguesa: *Bíblia Sagrada*, 5.ª edição (Difusora Bíblica/Franciscanos Capuchinhos: Lisboa/Fátima, 2008). (*N. do T.*)

([4]) Princípio do mal para os Persas.

([5]) Princípio do mal para os Egípcios.

([6]) Ou seja, de outro princípio.

([7]) Um filósofo inglês defendeu que o mundo físico deve ter mudado no primeiro advento, como o mundo moral.

([8]) Eis, juntamente com a opinião dos dois princípios, todas as soluções que se apresentam ao espírito humano nesta grande dificuldade, e só a revelação pode ensinar o que o espírito humano não conseguiria compreender.

([9]) Uma centena de comentários dispersos no *Dicionário* de Bayle rendeu-lhe uma reputação imortal. Deixou a querela sobre a *origem do mal* por decidir. Nele, todas as opiniões são expostas; todas as razões que as sustentam, todas as razões que as comprometem são igualmente aprofundadas; é o advogado geral dos filósofos, mas nunca avança as suas conclusões. É como Cícero, que amiúde, nas suas obras filosóficas, conserva o seu carácter de académico indeciso, como notou o erudito e sensato abade d'Olivet.

Creio ter o dever de acalmar aqueles que se enfurecem há alguns anos com tanta violência e tão inutilmente contra Bayle; cometo um erro em dizer inutilmente, pois acabam por estimular a sua leitura com mais avidez. Deviam aprender com ele a pensar e a ser moderados. De resto, nunca o filósofo Bayle negou a Providência ou a imortalidade da alma. Traduzimos Cícero, comentamo-lo, educamos os príncipes com ele; mas, entre tantas coisas admiráveis, que encontramos nós em quase todas as páginas de Cícero? Encontramos que, «se existe uma Providência, ela é culpada por ter dado aos homens uma inteligência sabendo que a iam utilizar mal». «*Sic vestra ista Providentia reprehendenda, quae rationem dederit iis quos scierit ea perverse et improbe usuros*» (*De Natura deorum*, Liv. III, cap. XXXI).

«Nunca ninguém acreditou que a virtude viesse dos deuses, e com razão.» «*Virtutem autem nemo unquam Deo retulit; nimirum recte*» (*Ibid.*, cap. XXXVI).

«Quando um criminoso morre impune, dizeis que os deuses o castigarão na sua posteridade. Será que uma cidade toleraria um legislador que condenasse os netos pelos crimes do avô?» «*Ferretne ulla civitas latorem istiusmodi legis ut condemnaretur filius aut nepos, si pater aut avus deliquisset?*» (*Ibid.*, Cap. XXXVIII).

E o que é mais estranho é que Cícero acaba o seu livro *Da Natureza dos Deuses* sem refutar essas afirmações. Nas suas *Tusculanas,* defende numa centena de lugares a mortalidade da alma depois de ter defendido a sua imortalidade.

E ainda há mais; é a todo o senado de Roma que diz, na sua defesa de Cluêncio: «Que mal lhe fez a morte? Rejeitamos todas as fábulas ineptas dos infernos; a morte privou-o de quê, senão do sentimento das dores?» «*Quid também illi Mali mors attulit? Nisi forte ineptiis ac fabulis ducimur; ut existimemus illum apud inferos imporum supplicia perferre... quae si falsa sunt, id quod omnes intelligut, quid ei tandem aliud mors eripuit, praeter sensum doloris?*» (*Ibid.*, cap. LXI).

Por fim, na sua correspondência, na qual fala o coração, não diz ele: «*Si non erro, sensu omnino carebo*», «Quando já não existir, todo o sentimento cessará comigo»? (*Ep. Fam.*, Liv. VI, ep. III).

Bayle nunca disse nada parecido. No entanto, Cícero é posto nas mãos da juventude, e enfurecemo-nos contra Bayle: porquê? Porque os homens são inconsequentes, porque são injustos.

([10]) Referência a Sansão e ao episódio da sua morte. Ver Jz, 16, 21-31. (*N. do T.*)

([11]) É óbvio que o homem, por si mesmo, não pode saber todas estas coisas. O espírito humano não adquire nenhuma noção a não ser pela experiência; e nenhuma experiência pode ensinar-nos o que havia antes da nossa existência, nem o que haverá depois, nem o que anima a nossa existência presente. Como recebemos a nossa vida? Que força a conserva? Como é que o nosso cérebro tem ideias e memória? Como é que os nossos membros obedecem imediatamente à nossa vontade? Etc. Não sabemos nada a este respeito. Será este o único planeta habitado? Foi criado depois dos outros planetas ou no mesmo instante? Cada género de plantas virá, ou não, de uma primeira planta? Cada género de animais é gerado, ou não, por dois animais primevos? Os maiores filósofos não sabem mais a este respeito do que o mais ignorante dos homens. É preciso relembrar esse dito popular: «O que nasceu primeiro, o ovo ou a galinha?» O dito é vulgar, mas embaraça a mais elevada sapiência, que nada sabe acerca dos primeiros princípios das coisas sem o auxílio do sobrenatural.

([12]) Não é fácil encontrar uma pessoa que queira recomeçar a vida que viveu e voltar a passar pelos mesmos acontecimentos.

([13]) A maioria dos homens teve esta esperança, antes mesmo de ter recorrido ao auxílio da revelação. A esperança de existir após a morte funda-se no amor de ser ao longo da vida; funda-se na probabilidade de que aquele que pensa continuará a pensar. Não há qualquer demonstração, porque uma coisa demonstrada é uma coisa cujo contrário é uma contradição e porque nunca houve disputas sobre verdades demonstradas. Lucrécio, para destruir essa esperança, avança, no seu terceiro livro, argumentos cuja força aflige; mas limita-se a opor verosimilhanças a verosimilhanças mais fortes. Muitos romanos pensavam como Lucrécio; e cantava-se no teatro de Roma: «*Post mortem nihil est*» («Não há nada depois da morte»). Mas o instinto, a razão, a necessidade de ser consolado, o bem da sociedade prevaleceram, e os homens tiveram sempre esperança de uma vida futura; esperança que é, na verdade, muitas vezes acompanhada de dúvida. A revelação destrói a dúvida e coloca a certeza no seu lugar.

Carta de Rousseau ao Senhor de Voltaire

18 de agosto de 1756

Os vossos últimos poemas(1), caro senhor, chegaram-me na minha solidão; e embora todos os meus amigos conheçam o amor que tenho pelos vossos escritos, não sei de que parte estes me puderam chegar, senão da vossa. Acredito assim dever agradecer-vos ao mesmo tempo o exemplar e a obra. Encontrei neles o prazer como a instrução, e reconheci a mão do mestre. Não vos direi que tudo me parece igualmente bom, mas as coisas que me desagradam apenas me inspiram mais confiança naquelas que me arrebatam; não é sem dificuldade que, de vez em quando, defendo a minha razão contra

(1) «Sobre a Lei Natural» e «O Desastre de Lisboa». (*N. do T.*)

os encantos da vossa poesia, mas é para prestar a minha admiração mais digna das vossas obras que me esforço por nem tudo admirar nelas.

Farei mais, caro senhor; dir-vos-ei diretamente, não as belezas que julguei sentir nestes dois poemas — a tarefa aterraria a minha preguiça —, nem mesmo as falhas que indivíduos mais hábeis do que eu porventura indicarão, mas os desprazeres que perturbam neste instante o gosto que tomava nas vossas lições; e dir-vos-ei comovido ainda por uma primeira leitura em que o meu coração escutava avidamente o vosso, amando-vos como meu irmão, honrando-vos como meu mestre, vangloriando-me enfim de que reconhecereis nas minhas intenções a franqueza de uma alma reta e nos meus discursos o tom de um amigo da verdade que fala a um filósofo. Além disso, mais o vosso segundo poema me fascina, mais livremente tomo partido contra o primeiro, porquanto se não tendes receio de vos opor a vós mesmos, porque hesitarei eu ser da vossa opinião? Devo acreditar que não levais muito em conta sentimentos que refutais tão bem.

Todas as minhas críticas são, por conseguinte, contra o vosso poema sobre o desastre de Lisboa, porque esperava nele efeitos mais dignos da humanidade que parece ter-vos inspirado. Censurais Pope e Leibniz por terem insultado os nossos males defendendo que tudo está bem, e encheis de tal modo o quadro com as nossas misérias que acabais por agravar o que sentimos por elas: em lugar das consolações que esperava, não fazeis outra coisa que não afligir-me; dir-se-ia que receais que não veja suficientemente o quão desgraçado sou, e acreditareis, parece, tranquilizar-me muito provando-me que tudo está mal.

Não vos iludis, caro senhor, acontece exatamente o contrário do que vos propondes. Esse otimismo que considerais tão cruel consola-me todavia dessas mesmas dores que me descreveis como insuportáveis. O poema de Pope dulcifica os meus males e conduz-me à paciência; o vosso agrava as minhas penas, incita-me ao lamento, e recusando-me tudo, salvo uma esperança desacreditada, reduz-me ao desespero. Nesta estranha oposição que reina entre o que provais e o que sinto, acalmai a perplexidade que me agita e dizei-me quem se engana, o sentimento ou a razão. «Homem, tende paciência, dizem-me Pope e Leibniz, os males são um efeito necessário da natureza e da constituição deste universo. O Ser eterno e benfeitor que te governa teria querido conservar-to: de todas as economias possíveis escolheu aquela que reunia o menor mal e maior bem, ou, se for preciso, para dizer a mesma coisa ainda mais cruamente, se não fez melhor, foi porque não conseguiu.»

Que me diz agora o vosso poema? «Sofre para sempre, desgraçado. Se existe um Deus que te tenha criado, sem dúvida Ele é omnipotente; Ele podia acautelar todos os teus males; não esperes, pois, que alguma vez acabem; na verdade, não se sabe para que existes, se não for para sofrer e morrer.» Não sei o que uma tal doutrina pode ter de mais consolador do que o otimismo e a própria fatalidade. Para mim, confesso que me parece mais cruel ainda do que o maniqueísmo. Se o embaraço da origem do Mal vos forçava a alterar alguma das perfeições de Deus, porquê querer justificar o Seu poder às custas da Sua bondade? Se é preciso escolher entre dois erros, prefiro ao menos o primeiro.

Não desejais, caro senhor, que se considere a vossa obra como um poema contra a Providência; quanto a mim, abstenho-me mesmo de lhe dar esse nome, embora tenhais designado de livro contra o género humano um texto(²) onde defendia a causa do género humano contra ele próprio. Eu sei a distinção que é necessário fazer entre as intenções de um autor e as consequências que se pode extrair da sua doutrina. A legítima defesa de mim mesmo obriga-me apenas a fazer-vos observar que, ao descrever as misérias humanas, o meu objetivo era, ao que creio, desculpável e até louvável. Com efeito, eu mostrava aos homens como criavam os seus próprios males e, por conseguinte, como os podiam evitar.

Não vejo que se possa procurar a causa do mal moral noutro lado que não no homem livre, aperfeiçoado, e por isso corrompido; e quanto aos males físicos, se a matéria sensível e impassível é uma contradição, como me parece, são inevitáveis em todo o sistema de que o homem faz parte, e então a questão não é por que razão o homem não é perfeitamente feliz, mas porque existe. Além disso, creio ter mostrado que exceto a morte, que

---

(²) Referência ao *Discurso sobre a Origem e os Fundamentos da Desigualdade entre os Homens.* (*N. do T.*)

quase não é um mal senão pelos preparativos com que a antecipamos, a maior parte dos nossos males físicos são também de nossa criação. Sem abandonar o vosso tema acerca de Lisboa, convenhai, por exemplo, que a Natureza de modo algum reunira aí vinte mil habitações de seis e sete andares e que, se os habitantes dessa grande cidade tivessem sido dispersos mais equitativamente e mais sobriamente alojados, o estrago teria sido muito menor e porventura nulo. Tudo teria fugido ao primeiro abalo, e tê-los-íamos visto no dia seguinte a vinte léguas de distância tão alegres como se nada tivesse acontecido. Mas há que permanecer, persistir em torno das ruínas, expor-se a novos abalos, porque o que se deixa vale mais do que aquilo que se pode ganhar. Quantos desgraçados pereceram neste desastre para desejar apanhar, um as suas roupas, outro os seus papéis, outro o seu dinheiro? Não sabemos nós que a pessoa de cada homem se tornou a menor parte de si mesmo e que quase não vale a pena salvá-la quando se perdeu tudo o resto?

Teríeis desejado (e quem não o teria desejado?) que o terramoto tivesse ocorrido no meio de um deserto e não em Lisboa.([3]) Teremos dúvidas de que se forma igualmente nos desertos? Mas de modo algum se fala nisso, porque não trazem nenhum mal aos senhores das cidades, os únicos homens que temos em conta. Fazem pouco mesmo aos animais e selvagens que habitam dispersos esses lugares remotos, e que não temem nem a queda dos telhados nem o incêndio das habitações.

([3]) Versos 53–54 do *Poema*.

Mas que significaria um semelhante privilégio? Será que significaria que a ordem do mundo se deve alterar segundo os nossos caprichos, que a natureza deve estar submetida às nossas leis, e que, para a impedir de provocar um terramoto num qualquer lugar, não teríamos senão de construir aí uma cidade?

Existem muitas vezes eventos que nos espantam mais ou menos consoante as faces pelas quais os consideramos e que, quando os examinamos de perto, perdem muito do horror que inspiram à primeira vista. Aprendi em *Zadig*(4), e a Natureza confirmou-mo a cada dia, que uma morte acelerada nem sempre é um mal real, e que pode, por vezes, passar por um bem relativo. De tantos homens esmagados sob os escombros de Lisboa, muitos sem dúvida evitaram males maiores, e não obstante o que uma tal descrição tem de tocante e fornece à poesia, não é certo que um só desses desafortunados tenha sofrido mais do que se, segundo a ordem natural das coisas, tivesse esperado, em longas angústias, a morte que o veio surpreender. Será esse um fim mais triste do que o de um moribundo que se cumula de cuidados inúteis, que os notários e herdeiros não deixam respirar, que os médicos à sua vontade assassinam no seu leito e a quem os bárbaros sacerdotes, com arte, fazem saborear a morte? Quanto a mim, vejo por todo o lado que os males aos quais a Natureza nos sujeita são menos cruéis do que aqueles que nós lhe juntamos.

---

(4) Rousseau faz referência ao conto de Voltaire *Zadig*.

No entanto, por muito engenhosos que possamos ser a estimular as nossas misérias à força de belas instituições, não fomos ainda capazes de nos aperfeiçoarmos ao ponto de tornar a vida em geral num pesado fardo e de preferir o nada à nossa existência — de outro modo, o desencorajamento e o desespero depressa se apoderariam do maior número e o género humano não teria sido capaz de subsistir por muito tempo. Ora, se é melhor para nós ser do que não ser, isto bastaria para justificar a nossa existência, mesmo que não tivéssemos qualquer compensação pelos males que temos de sofrer, e que esses males fossem tão grandes quanto os descreveis. Porém, sobre este ponto, é difícil de encontrar boa-fé nos homens e bons raciocínios nos filósofos; porque estes, na comparação entre bens e males, esquecem sempre o doce sentimento da existência, independente de qualquer outra sensação, incitando os outros a caluniar a vida em prol do orgulhoso desprezo da morte; quase como mulheres que, com um vestido manchado e uma tesoura, asseguram preferir buracos a manchas.

Pensais, com Erasmo, que poucos desejariam renascer nas mesmas condições em que viveram; mas aquele que com um preço elevado avalia a sua mercadoria, em muito o baixa se alguma esperança houver em concluir o negócio. De resto, quem devo eu crer que tenhais consultado sobre este assunto? Os ricos, talvez; saciados de prazeres ilusórios, mas ignorantes dos reais; sempre entediados da vida e sempre receosos de a perder. Talvez os homens de letras, de todas as classes a mais sedentária, a mais malsã, a mais reflexiva e, por conseguinte, a mais infeliz. Quereis encontrar homens de melhor constituição ou, pelo menos, geralmente mais sinceros, e que formando o maior número devem, ao menos para isso, ser escutados preferencialmente? Consultai um burguês honesto que terá vivido uma vida obscura e tranquila, sem projetos e sem ambição; um bom artesão que vive comodamente da sua profissão; mesmo um camponês, não de França, onde se pensa que é preciso matá-los de miséria para que outros possam viver, mas do país, por exemplo, onde habitais, e em geral de qualquer país livre. Ouso afirmar, de facto, que não há porventura no alto Valais um só montanhês descontente com a sua vida quase mecânica e que não aceitasse de bom grado renascer incessantemente para assim vegetar perpetuamente, mesmo em lugar do Paraíso que espera e que lhe é devido. Estas diferenças levam-me a crer que é muitas vezes o abuso que fazemos da vida que a torna pesada para nós, e tenho pior opinião daqueles que se zangam por ter vivido do que aquele que pode dizer com Catão: *Nec me vixisse poenitet, quoniam ita vixi, ut frustra me natum non existimem.*(5) Tal não impede que o sábio não possa por vezes desistir voluntariamente, sem qualquer lamento e desespero, quando a natureza ou a fortuna lhe ordenam, muito claramente, que morra. Contudo, de acordo com a ordem natural das coisas, a vida humana, independentemente dos males semeados, ainda não é um mau presente, e se morrer nem sempre é um mal, só muito raramente o é viver.

---

(5) Cícero, *Da Velhice*, XXIII, 84, «Não lamento ter vivido, porque vivi de tal forma que penso não ter nascido em vão.» (*N. do T.*)

As nossas diferentes maneiras de pensar sobre todos estes tópicos mostram-me a razão para muitas das vossas provas serem pouco conclusivas para mim; porque eu não ignoro o quanto a razão humana assume mais facilmente a forma da opinião do que a da verdade, e que entre dois homens de opiniões contrárias, o que um crê demonstrado não passa amiúde de um sofisma para o outro. Quando atacais, por exemplo, a cadeia dos seres tão bem descrita por Pope, afirmais que não é verdade que, se se retirasse um átomo do mundo, o mundo cessaria de existir. Neste ponto citais Crousaz(6), e em seguida acrescentais que a natureza não está sujeita a nenhuma medida ou forma precisa. Que nenhum planeta se move numa curva absolutamente regular, que nenhum ser conhecido é uma figura perfeitamente matemática, que nenhuma quantidade precisa é requerida para uma operação, que a Natureza nunca age com rigor. Que, por conseguinte, não há qualquer razão que garanta que um átomo a menos na Terra seria a causa da destruição do planeta. Admito, caro senhor, que a este respeito afeta-me mais a força da afirmação do que a do argumento, e que neste caso cedo com mais confiança à vossa autoridade do que às vossas provas.

A respeito de Crousaz, nada li do seu texto contra Pope e talvez não esteja em condição de entendê-lo; mas

---

(6) Jean-Pierre de Crousaz (1663–1750) publicou duas obras contra Pope: *Examen de l'Essai de M. Pope sur l'homme* e *Commentaire sur la traduction en vers, de M. l'Abbé Du Resnel, de L'Essai de M. Pope sur l'homme*. (*N. do T.*)

o que é mais certo é que não lhe concedo aquilo em que vos terei criticado, ao mesmo tempo que possuo pouca fé nas suas provas como na sua autoridade. Longe de pensar que a Natureza não está sujeita à precisão das quantidades e das figuras, acreditava, pelo contrário, que só ela segue rigorosamente essa precisão, porquanto só ela sabe comparar exatamente os fins e os meios e avaliar a força da resistência. Quanto a essas supostas irregularidades, podemos nós duvidar de que nem todas tenham a sua causa física, e bastará não percebê-la para negar a sua existência? Estas aparentes irregularidades resultam, sem dúvida, de algumas leis que ignoramos e cuja natureza segue tão fielmente aquelas que conhecemos; ou de um qualquer agente que não identificamos e cuja interferência ou contributo em todas as suas operações tem quantidades fixas. Caso contrário, seria necessário dizer claramente que há ações sem princípios e efeitos sem causa, o que horroriza qualquer filosofia.

Suponhamos dois pesos em equilíbrio e, contudo, desiguais; acrescente-se ao mais leve a quantidade pela qual diferem; ou os pesos se manteriam ainda em equilíbrio e teremos uma causa sem efeito, ou o equilíbrio se romperá e teremos um efeito sem causa. Mas se os pesos fossem de ferro, e se houvesse um íman oculto sob um deles, a precisão da Natureza negar-lhe-ia a aparência de precisão, e quanto mais exatidão aparentasse, mais exatidão lhe pareceria faltar. Não há uma figura, uma operação, uma lei no mundo físico à qual não se possa aplicar um exemplo semelhante àquele que acabo de apontar sobre o peso.

Dizeis que nenhum ser conhecido é uma figura perfeitamente matemática; pergunto-vos, caro senhor, se há alguma figura que não o seja, e se a curva mais bizarra não é tão regular aos olhos da Natureza quanto um círculo perfeito aos nossos. Imagino, de resto, que se algum corpo pudesse ter essa aparente regularidade, esse não seria senão o próprio universo, supondo-o cheio e limitado. Porque as figuras matemáticas, na medida em que são apenas abstrações, só correspondem a si mesmas, ao passo que todas as figuras dos corpos naturais são relativas a outros corpos e aos movimentos que as modificam; logo, isso nada provaria ainda contra a precisão da Natureza, ainda que estivéssemos de acordo sobre o que entendeis pelo termo *precisão*.

Distinguis entre os eventos que têm efeitos dos que não os têm; duvido da solidez dessa distinção. Todo o evento me parece produzir necessariamente algum efeito, ou moral, ou físico, ou um composto de ambos, mas que nem sempre se percebe, já que a sequência dos eventos é ainda mais difícil de seguir do que a dos homens. Como não devemos, em geral, procurar efeitos mais consideráveis do que os eventos que os produzem, a pequenez das causas torna muitas vezes o exame ridículo, embora os efeitos sejam certos, e amiúde efeitos quase impercetíveis também se juntem para produzir um evento considerável. Somai a isto que tal efeito não deixe de se produzir, ainda que aja fora do corpo que o produziu. Por conseguinte, talvez a poeira levantada por uma carruagem nada possa fazer à marcha da viatura e influir sobre a do mundo; mas como nada há de alheio ao universo, tudo o que aí se faz age necessariamente sobre o próprio universo. Destarte, caro senhor, os vossos exemplos parecem-me mais engenhosos do que convincentes. Vejo mil razões plausíveis para o facto de não ser talvez indiferente à Europa que um certo dia o herdeiro da Borgonha fosse mal ou bem penteado, ou ao destino de Roma que César olhasse para a direita ou para a esquerda e cuspisse para um lado ou para o outro a caminho do Senado no dia em que foi morto. Numa palavra, recordando o grão de areia citado por Pascal(7), sou, em alguns aspetos, da opinião do vosso Bramine, e seja qual for o modo como se olhe as coisas, se nem todos os eventos possuem efeitos percetíveis, julgo ser incontestável que todos os possuem realmente — dos quais o espírito humano facilmente perde o encadeamento —, embora jamais sejam confundidos pela natureza.

---

(7) Referência ao fragmento §632 (da edição Le Guern; §710 da edição Brunschvicg) dos *Pensamentos*, «Que desordem do juízo que faz com que não haja ninguém que não se ponha acima de todo o resto do mundo, e que não ame mais o seu próprio bem e a duração da sua felicidade e da sua vida do que a de todo o resto do mundo!

Cromwell ia devastar toda a cristandade; a família real estava perdida, e a dele ia ter poder para sempre, se um pequeno grão de areia se não tivesse introduzido no seu uréter. A própria Roma ia tremer sob ele. Mas tendo essa pequena pedra aparecido, Cromwell morreu, a sua família decaiu, ficou-se em paz, e o rei foi reposto. (...)» [Edição portuguesa: *Pensamentos*, tradução de Miguel Serras Pereira (Lisboa: Relógio D'Água, 2019), §632. (*N. do T.*)]

Afirmais que está demonstrado que os corpos celestes fazem a sua revolução no espaço não resistente; era seguramente uma bela coisa a demonstrar; no entanto, segundo o hábito dos ignorantes, tenho muito pouca fé nas demonstrações que estão para lá do meu alcance. Imaginaria que para a formular quase se teria de raciocinar deste modo: tal força agindo segundo tal lei deve dar aos astros tal movimento num meio não resistente; ora, os astros têm o movimento exatamente calculado, logo não há resistência. Não obstante, quem poderá saber se não existem porventura um milhão de outras leis possíveis, sem contar com a verdadeira, segundo as quais os mesmos movimentos se explicariam ainda melhor por um fluido do que por um vácuo? O horror do vácuo não terá explicado há muito a maior parte dos efeitos que desde então se atribuíram à ação do ar? De seguida, não se terá visto tudo cheio quando outras experiências destruíram o horror do vácuo? Não se restabeleceu o vácuo sobre novos cálculos? Quem nos afiançará que um sistema ainda mais exato não o destruirá outra vez? Deixemos as inúmeras dificuldades que um físico talvez formasse sobre a natureza da luz e dos espaços iluminados; mas credes de boa-fé que Bayle, cuja sabedoria e moderação em matéria de opinião convosco admiro, teria achado a vossa opinião assim tão demonstrada? Em geral, penso que os céticos se esquecem um pouco rapidamente que assumem o tom dogmático e que deveriam usar mais sobriamente que ninguém o termo *demonstrar*. Que forma de se ser crido quando nos vangloriamos de nada saber, afirmando tantas coisas!

De resto, corrigistes muito justamente o sistema de Pope, observando que não há nenhuma gradação proporcional entre as criaturas e o Criador, e que se a cadeia dos seres criados finda em Deus, é porque Ele a contém e não porque Ele a conclui.

Sobre o bem do todo, preferível ao da sua parte, fazeis dizer ao homem: «Devo ser tão querido ao meu senhor, eu, ser pensante e senciente, quanto os planetas que provavelmente não sentem.» Não há dúvida de que esse universo material não deve ser mais querido ao seu autor do que um só ser que pensa e sente; mas o sistema desse universo que produz, conserva e perpetua todos os seres pensantes e sencientes deve ser-lhe mais querido que um só desses seres; ele pode, pois, apesar da sua bondade, ou antes, pela sua própria bondade, sacrificar alguma coisa da felicidade dos indivíduos à conservação do todo. Creio, espero, valer mais aos olhos de Deus do que a terra de um planeta, mas se os planetas são habitados, como é provável, porque valeria eu mais aos seus olhos que todos os habitantes de Saturno? Por mais que ridicularizemos estas ideias, é certo que todas as analogias favorecem a população de Saturno e que só o orgulho humano se mostra contra ela. Ora, assumida essa população, a conservação do universo parece assumir como o próprio Deus uma moralidade que se multiplica pelo número dos mundos habitados.

Que o cadáver de um homem alimente os vermes, os lobos ou as plantas, tal não é, reconheço, uma compensação pela morte do homem; mas, se no sistema deste universo, é necessário à conservação do género humano que exista uma circulação de substância entre homens, animais e vegetais, então o mal particular de um indivíduo contribui para o bem geral; morro, sou alimento para os vermes, mas os meus filhos, os meus irmãos viverão como eu vivi, comerão os produtos da terra que o meu cadáver adubará, e farei, segundo a ordem da natureza, e por todos os homens, o que Codro, Cúrcio, os Décios, os Filenos e mil outros fizeram voluntariamente por um pequeno número de homens.

Para voltar, caro senhor, ao sistema que atacais, julgo que não se pode examiná-lo convenientemente sem distinguir com cuidado o mal particular, cuja existência nunca foi negada por filósofo algum, do mal geral, que recusa o otimismo. Não se trata de saber se cada um de nós sofre ou não, mas se é bom que o universo exista, e se os nossos males são inevitáveis na sua constituição. Assim, a adição de um artigo tornaria, ao que parece, a proposição mais exata, e em lugar de *tudo está bem*, talvez valesse mais dizer, o *todo está bem*, ou *tudo está bem para o todo*. Ora, é muitíssimo evidente que nenhum homem conseguiria dar provas diretas nem a favor nem contra, visto que essas provas dependem de um conhecimento perfeito da constituição do mundo e da finalidade do seu autor e esse conhecimento está incontestavelmente além da inteligência humana. Os verdadeiros princípios do otimismo não se podem extrair nem das propriedades da matéria, nem da mecânica do universo, mas tão-só por indução das perfeições de Deus que a tudo preside: de modo que não se prova a existência de Deus pelo sistema de Pope, mas o sistema de Pope pela existência de Deus, e é seguramente da questão da Providência que deriva a da origem do mal. Se estas duas questões não foram mais bem tratadas foi porque se pensou sempre erradamente acerca da Providência, porque aquilo que de absurdo se disse sobre ela confundiu fortemente todos os corolários que se podiam extrair desse grande e consolador dogma.

Os primeiros que corromperam a causa de Deus foram os padres e os devotos, que não consentem que nada se faça segundo a ordem estabelecida, mas fazem sempre intervir a justiça divina em eventos puramente naturais, e para se assegurarem do que dizem punem e castigam os malvados, aprovam e recompensam os bons indiferentemente com os bens e males conforme a ocorrência. Não sei, quanto a mim, se é uma boa teologia, mas julgo que é um mau modo de argumentar o de estabelecer indiferentemente as provas da Providência sobre os prós e os contras, e de lhe atribuir indiscriminadamente tudo o que ocorreria igualmente sem ela.

Os filósofos, por sua vez, não me parecem mais razoáveis, quando os vejo atribuírem ao Céu as culpas por aquilo que os atinge, clamar que tudo está perdido quando têm uma dor de dentes, ou ficam pobres, ou quando são roubados, e encarregarem Deus, como diz Séneca([8]), da guarda da sua bolsa. Se algum acidente trágico tivesse feito perecer Cartouche ou César na sua infância, teríamos dito: que crime cometeram eles?

([8]) Séneca, *De providentia*, VI, I. (*N. do T.*)

Estes dois malfeitores viveram, e nós dizemos: porque os deixaram viver? Ao contrário, um devoto dirá, no primeiro caso, que Deus queria punir o pai tirando-lhe o filho, e que, no segundo, Deus salvava o filho para castigo do seu povo. Assim, fosse qual fosse o partido que a Natureza tomava, a Providência tem sempre razão junto dos devotos e nenhuma junto dos filósofos. É possível que na ordem das coisas humanas ela tenha ou não razão, porque tudo depende da lei comum e ninguém está isento. É de crer que os eventos particulares nada são aos olhos do senhor do universo, que a sua Providência é tão-só universal, que se contenta em conservar os géneros e as espécies e em presidir ao todo sem se inquietar com a forma como cada indivíduo vive a sua curta vida. Um rei sábio que deseja que todos vivam felizes nos seus Estados, terá ele necessidade de se informar se os cafés são bons? Certa noite, o frequentador queixa-se, quando são maus, e vive o resto dos seus dias com uma impaciência igualmente deslocada. *Commorandi enim natura diversorium nobis, non habitandi dedit.* ([9])

Para pensar retamente a este respeito, parece que as coisas deveriam ser consideradas relativamente na ordem física e absolutamente na ordem moral; de modo que a maior ideia que posso dar-me da Providência é a de que cada ser material esteja disposto o melhor possível em relação ao todo e cada ser inteligente e sensível o melhor que é possível em relação a si mesmo; significa isto que,

---

([9]) Cícero, *Da Velhice*, XXIII, «A natureza quis que fôssemos transeuntes nesta terra, e não residentes.» (*N. do T.*)

para quem sente a sua existência, mais vale existir do que não existir. No entanto, há que aplicar esta regra à duração total de cada ser sensível e não a algum instante particular da sua duração como a vida humana, o que mostra quanto a questão da Providência diz respeito à da imortalidade da alma, na qual tenho a felicidade de acreditar, sem ignorar que a razão pode duvidar dela, e à da eternidade das penas, que nem vós, nem eu, nem homem algum, pensando bem de Deus, alguma vez acreditará.

Se reconduzir estas diferentes questões ao seu princípio comum, parece-me que todas se relacionam com a questão da existência de Deus. Se Deus existe, Ele é perfeito; se Ele é perfeito, é sábio, poderoso e justo; se Ele é sábio e poderoso, tudo está bem; se Ele é justo e poderoso, a minha alma é imortal; se a minha alma é imortal, trinta anos de vida nada são para mim e são talvez necessários à conservação do universo. Se me é concedida a primeira proposição, as seguintes nunca se irão refutar; se a negam, não é preciso discutir acerca das suas consequências.

Não estamos, um e outro, neste último caso. Estou muito longe, pelo menos, de poder supor algo de semelhante da vossa parte ao ler o conjunto das vossas obras, das quais a maior parte me oferece as melhores ideias, as mais agradáveis, as mais consoladoras da divindade; e prefiro muito mais um cristão como vós do que um da Sorbonne.

Por mim, confesso-vos ingenuamente que nem os prós nem os contras me parecem demonstrados acerca deste ponto unicamente pelas luzes da razão, e que se o teísta funda o seu sentimento apenas sobre possibilidades, o ainda menos rigoroso ateu não me parece fundar o seu senão sobre possibilidades contrárias. Mais, as objeções de um lado e doutro são sempre insolúveis, porquanto versam sobre coisas das quais os homens não possuem uma só ideia verdadeira. Admito tudo isso, e no entanto creio em Deus tão fortemente quanto creio numa outra verdade, porque crer e não crer são as coisas que menos dependem de mim, porque o estado de dúvida é um estado demasiado violento para a minha alma; porque quando a minha razão hesita, a minha fé não pode permanecer muito tempo em suspenso e determina-se sem ela; porque, enfim, outras mil coisas de que gosto mais me atraem do lado mais consolador e juntam o peso da esperança ao equilíbrio da razão.

Recordo-me de que aquilo que mais fortemente me impressionou em toda a minha vida sobre a ordem fortuita do universo foi o vigésimo primeiro pensamento filosófico([10]), onde se mostra, mediante as leis da análise das probabilidades, que quando a quantidade dos lances é infinita, a dificuldade do acontecimento é mais do que suficientemente compensada pela multidão dos lançamentos, e que, por conseguinte, o espírito deve

---

([10]) Referência aos *Pensamentos Filosóficos* de Diderot, tradução portuguesa de Miguel Serras Pereira (Lisboa: Edições 70, 2013). (*N. do T.*)

espantar-se mais com a duração hipotética do caos do que com o efetivo nascimento do universo. Foi, partindo do princípio de que o movimento é necessário, o que de mais convincente se disse, na minha opinião, acerca deste debate; e, quanto a mim, declaro que desconheço a menor resposta que o senso comum possua, verdadeira ou falsa, que não a de negar como falso aquilo que não se pode saber, que o movimento seja essencial para a matéria. Por outro lado, desconheço se alguma vez se explicou, por meio do materialismo, a geração dos corpos organizados e a perpetuação dos germes; mas há esta diferença entre estas duas posições opostas, que, embora uma e outra me pareçam igualmente convincentes, só a última me persuade. Quanto à primeira, dizerem-me que a *Henriade* foi escrita por uma disposição fortuita de caracteres, nego-o sem hesitar; é mais possível à sorte provocá-la do que ao meu espírito crer nisso, e sinto que há um ponto em que as impossibilidades morais equivalem para mim a uma certeza física. Por muito que me falem da eternidade dos tempos, de modo algum a percorri; da infinidade dos lançamentos, eu não os contei; e a minha incredulidade, por muito pequena que se queira, triunfará, neste caso, da própria demonstração. Não impeço que se não chame *preconceito* ao que sobre isso designo como *prova de sentimento*; e de modo algum dou essa obstinação de crente como um modelo; porém, com uma boa-fé porventura sem exemplo, considero-a como uma disposição invencível da minha alma, que ninguém jamais poderá superar, da qual até agora nunca me lamentei, e que não se pode atacar sem crueldade.

Eis, pois, uma verdade de que ambos partimos, com o auxílio da qual sentis quão fácil é defender o otimismo e justificar a Providência, e não é a vós que cabe repetir os argumentos rebatidos mas sólidos que foram, a este respeito, tantas vezes invocados. Em relação aos filósofos que não concordam com o princípio, não há que discutir com eles a propósito destas matérias, porquanto aquilo que é para nós apenas uma prova de sentimento, não se pode tornar para eles uma demonstração, e porque não é razoável dizer-se a um homem «deveis crer isto porque eu o creio». Eles, por seu turno, não deverão discutir mais connosco sobre estas matérias, já que elas não passam de corolários da proposição principal que um adversário honesto dificilmente ousa opor-lhes, e que, por sua vez, errariam em exigir que se lhes provasse o corolário independentemente da proposição que lhe serve de base. Penso que não o farão ainda por uma outra razão, porque há desumanidade em perturbar as almas tranquilas e em angustiar os homens para nada, quando o que se quer ensinar-lhes não é certo nem útil. Penso, numa palavra, que seguindo o vosso exemplo, não se deve atacar demasiado fortemente a superstição que agita a sociedade, nem respeitar demasiado a religião que a suporta.

Não obstante, estou, como vós, indignado pelo facto de a fé de cada um não se dar na mais perfeita liberdade, e que o homem ouse controlar o íntimo das consciências onde não poderia penetrar; como se dependesse de nós crer ou não nas matérias em que a demonstração não se dá, e a razão ser alguma vez submetida à autoridade.

Os reis deste mundo, terão eles então algum domínio no outro? E estarão eles no direito de atormentar os seus súbditos aqui em baixo para os forçar a entrar no Paraíso? Não, todo o governo humano limita-se, pela sua natureza, aos deveres civis; e independentemente do que disse o sofista Hobbes, quando um homem serve bem o Estado, a maneira como serve Deus só a ele diz respeito. ([11])

Ignoro se este Ser justo não punirá um dia toda a tirania exercida em Seu nome; estou bem seguro, pelo menos, de que não a compartilhará e não recusará a felicidade eterna a nenhum incrédulo virtuoso e de boa-fé. Posso eu, sem ofender a Sua bondade e mesmo a Sua justiça, duvidar de que um coração reto não redime um erro involuntário, e que costumes irrepreensíveis não valham bem mil cultos bizarros prescritos pelos homens e rejeitados pela razão? Direi mais: se pudesse escolher entre comprar as obras às custas da minha fé e compensar, graças à minha virtude, a minha pretensa incredulidade,

---

([11]) Rousseau parece referir-se aqui ao capítulo XXI do *Leviatã*: «Também há um culto *público* e um culto *privado*. Público é o culto que um Estado realiza como pessoa. Privado é aquele que é feito por um particular. O público, no que se refere a todo o Estado, é livre, mas no que se refere aos particulares não o é. O culto privado é secretamente livre, mas perante a multidão nunca existe sem algumas restrições, quer por parte das leis, quer por partes das opiniões dos homens, o que é contrário à natureza da liberdade.» [Edição portuguesa: *Leviatã*, tradução de João Paulo Monteiro e Maria Beatriz Nizza da Silva, 3.ª ed. (Lisboa: Imprensa Nacional-Casa da Moeda, 2002), p. 283. (*N. do T.*)]

não hesitaria um instante; e preferiria dizer a Deus: *Fiz, sem pensar em Ti, o bem que Te é agradável, e o meu coração seguiu a Tua vontade sem a conhecer,* do que dizer-lhe, como necessário será que o faça um dia: *Amei-te, e não cessei de Te ofender; conheci-Te e nada fiz para Te agradar.*

Existe, reconheço, uma espécie de profissão de fé que as leis podem impor. Mas excetuando os princípios da moral e do direito natural, ela deve ser puramente negativa, na medida em que podem existir religiões que atacam os fundamentos da sociedade e porque é preciso começar por exterminar essas religiões para garantir a paz do Estado. Desses dogmas a proscrever, a intolerância é, sem dificuldade, o mais odioso; mas é preciso considerá-la na sua origem, pois que os fanáticos mais sanguinários mudam de linguagem de acordo com a fortuna e não pregam paciência e brandura senão quando não são os mais fortes. Chamo, assim, intolerante por princípio a todo aquele que imagina que não se pode ser homem de bem sem crer em tudo aquilo em que crê, condenando impiedosamente aqueles que não pensam como ele. De facto, os fiéis raramente estão na disposição de deixar os réprobos em paz neste mundo, e um santo que acredita viver com os danados antecipa de bom grado o trabalho do Diabo. Quanto aos incrédulos intolerantes que gostariam de forçar o povo a nada crer, não os baniria menos severamente do que àqueles que o querem forçar a crer em tudo o que lhes agrada.

Gostaria, assim, que em cada Estado existisse um código moral, ou uma espécie de profissão de fé civil, que contivesse positivamente as máximas sociais que todos seriam obrigados a assumir, e negativamente as máximas intolerantes que se deveria rejeitar, não como ímpias, mas como sediciosas. Deste modo, seria permitida toda a religião que pudesse acordar-se com o código; toda a religião que não se harmonizasse com ele seria proscrita; e todos seriam livres de não possuir outra [religião] que não o próprio código. Esta obra, redigida com cuidado, seria, parece-me, o mais útil livro alguma vez escrito e talvez o único necessário aos homens. Este é, caro senhor, um tema para vós; desejaria ardentemente que ambicionásseis empreender esta obra e embelezá-la com a vossa poesia, a fim de que todos, aprendendo-a com facilidade, carregassem desde a infância, no seu coração, esses sentimentos de brandura e humanidade que brilham nos vossos escritos e que sempre faltaram aos devotos. Exorto-vos a refletir neste projeto que deverá agradar pelo menos à vossa alma. Destes-nos com o vosso *Poema sobre a Religião Natural* o catecismo do homem; dai-nos agora naquele que vos proponho: o catecismo do cidadão. É uma matéria para meditar longamente e a reservar possivelmente para a derradeira das vossas obras, para que termineis, com um benefício ao género humano, a mais brilhante carreira empreendida por um homem de letras.

Não posso impedir-me, caro senhor, de notar a este respeito uma oposição bem singular entre vós e eu no que toca ao tema desta carta. Coberto de glória e sem ilusões de grandezas vãs, viveis livre no seio da abundância; bem seguro da vossa imortalidade, filosofais pacificamente sobre a natureza da alma; e se o corpo ou o coração sofre, tendes Tronchin como médico e amigo; vedes, contudo, apenas mal sobre a Terra. E eu, homem obscuro, pobre e atormentado por um mal sem remédio, medito com prazer no meu retiro e vejo que tudo está bem. Donde resultam estas aparentes contradições? Vós mesmos as explicastes: vós desfrutais, mas eu espero, e a esperança torna tudo mais belo.

É tão difícil para mim finalizar esta fastidiosa carta quanto para vós terminá-la. Perdoai-me, grande homem, um zelo quiçá indiscreto, mas que não se estenderia a vós se vos estimasse menos. A Deus não agrada que queira ofender aquele que dos meus contemporâneos mais honro os talentos, e cujos escritos melhor falam ao meu coração; mas trata-se da causa da Providência da qual espero tudo. Após ter colhido tão longamente nas vossas lições consolação e coragem, é duro que agora me retires tudo isso para não me oferecer senão uma esperança incerta e vaga, antes como um paliativo presente do que como uma compensação futura. Não, sofri demasiado nesta vida para não esperar uma outra. Nem todas as subtilezas da metafísica me farão duvidar um momento da imortalidade da alma e de uma Providência beneficente. Sinto-a, creio nela, quero-a, espero-a, defendê-la-ei até ao meu último suspiro, e de todas as disputas será esta a única em que o meu interesse não será esquecido.

Sempre seu, caro senhor, etc...

POEMA SOBRE A LEI NATURAL

Prefácio[1]

Sabemos bem que este poema não foi escrito para ser publicado. Há três anos que era um segredo guardado entre um grande rei e o autor. Nos últimos três meses, algumas cópias foram-se espalhando por Paris, tendo sido pouco depois impresso muitas vezes de uma maneira tão insatisfatória quanto outros trabalhos que saíram da mesma pena.

Seria justo ter um pouco mais de indulgência para com um texto secreto, tirado da obscuridade à qual o seu autor o condenara, do que por um trabalho que um escritor tivesse ele mesmo revelado. Seria ainda justo não julgar o poema de um laico como se julgaria uma tese de teologia. Estes dois poemas(2) são fruto de uma árvore

---

(1) Prefácio de 1756. (*N. do T.*)

(2) Trata-se do *Poema sobre o Desastre de Lisboa* e o *Poema sobre a Lei Natural*. (*N. do T.*)

transplantada. Alguns dos seus frutos podem não ser do gosto de algumas pessoas — pertencem a um clima diferente —, mas não há um que esteja envenenado, e muitos deles podem ser salutares.

Este trabalho deve ser visto como uma carta na qual se expõe os sentimentos em liberdade. A maioria dos livros parece-se com essas conversas gerais e incómodas nas quais raramente se diz o que se pensa. O autor disse o que pensou a um príncipe filosófico, junto do qual teve a honra de viver. Soube que espíritos esclarecidos não ficaram descontentes com esse esboço: acharam que o *Poema sobre a Lei Natural* representava uma preparação para verdades mais sublimes. Isso teria bastado para obrigar o autor a tornar a obra mais completa e mais correta, caso as suas maleitas o tivessem permitido. Viu-se forçado a limitar-se a corrigir os erros que pululam nas edições de que foi alvo.

Os elogios feitos nesse texto a um príncipe que não os procurava não devem surpreender ninguém. Não havia neles qualquer adulação; saíam do coração. Não se trata aqui desse louvor que o interesse dispensa ao poder. O homem de letras podia não merecer os elogios e as atenções com que o monarca o cobria; mas o monarca merecia a verdade que o homem de letras lhe dizia nesse trabalho. As mudanças ocorridas desde então numa relação tão honrada para a literatura não alteraram os sentimentos a que dera origem.

Finalmente, uma vez que foi arrancado ao segredo e à obscuridade um escrito destinado ao desconhecimento, sobreviverá para alguns sábios como um monumento de uma correspondência filosófica que não devesse acabar; e diga-se ainda que, se a fraqueza humana se faz sentir por todo o lado, a verdadeira filosofia subjuga sempre essa fraqueza.

De resto, este medíocre ensaio foi composto por ocasião de um pequeno folheto que surgiu nesse período. Tinha como título *Do Soberano Bem* e devia ser *Do Soberano Mal.* Alguns julgavam que não havia nem virtude nem vício, e que os arrependimentos são resultado de uma educação débil que se devia abafar. O autor do poema crê que os arrependimentos são tão naturais quanto as demais afeções da nossa alma. Se o ímpeto de uma paixão conduz ao erro, a natureza, em si mesma, sente esse erro. A jovem selvagem descoberta perto de Châlons confessou que, num momento de cólera, dera à sua companheira um golpe que levou a infeliz a morrer nos seus braços. Quando viu o sangue correr, arrependeu-se, chorou, estancou o sangue, cobriu a ferida de ervas. Aqueles que dizem que este ressurgimento da humanidade não passa de um ramo do nosso amor-próprio prestam uma importante homenagem ao amor-próprio. Chame-se à razão e ao arrependimento o que se queira; eles existem e são o fundamento da lei natural.

Poème sur la loi naturelle

(1752)

Poema sobre a lei natural

(1752)[1]

EXORDE

Ô vous dont les exploits, le règne, et les ouvrages
Deviendront la leçon des héros et des sages,
Qui voyez d'un même oeil les caprices du sort,
Le trône et la cabane, et la vie et la mort ;
Philosophe intrépide, affermissez mon âme ;
Couvrez-moi des rayons de cette pure flamme
Qu'allume la raison, qu'éteint le préjugé.
Dans cette nuit d'erreur où le monde est plongé,
Apportons, s'il se peut, une faible lumière.
Nos premiers entretiens, notre étude première,
Etaient, je m'en souviens, Horace avec Boileau.
Vous y cherchiez le *vrai*, vous y goûtiez le *beau* ;
Quelques traits échappés d'une utile morale
Dans leurs piquants écrits brillent par intervale :
Mais Pope approfondit ce qu'ils ont effleuré ;
D'un esprit plus hardi, d'un pas plus assuré,
Il porta le flambeau dans l'abîme de l'être ;
Et l'homme avec lui seul apprit à se connaître.

EXÓRDIO

Tu, cujos feitos, reinado e obras([2])
Se tornarão as lições de heróis e sábios,
que vês com um mesmo olhar a fortuna,
o trono e a prisão, a vida e a morte;
Filósofo intrépido, fortifica a minha alma;
Cobre-me dos raios dessa pura chama
Que alumia a razão, que apaga o preconceito.
Nesta noite de erros em que o mundo está mergulhado,
Acendamos, se possível, uma pequena luz.
Os nossos primeiros encontros, o nosso estudo primeiro,
Eram, se bem me lembro, com Horácio e Boileau.
Buscavas a *verdade*, saboreavas o *belo*;
De seus escritos a espaços brilhavam
certos traços fugidios de uma moral útil,
mas Pope aprofundou o que eles apenas afloraram.
Com um espírito mais ousado, com uma passada mais segura,
Carregava a chama até ao abismo do ser,
E só com ele aprendeu o homem a saber quem é.

L'art quelquefois frivole et quelquefois divin,
L'art des vers est, dans Pope, utile au genre humain.
Que m'importe en effet que le flatteur d'Octave,
Parasite discret, non moins qu'adroit esclave,
Du lit de sa Glycère, ou de Ligurinus,
En prose mesurée insulte à Crispinus ;
Que Boileau, répandant plus de sel que de grâce,
Veuille outrager Quinault, pense avilir le Tasse ;
Qu'il peigne de Paris les tristes embarras,
Ou décrive en beaux vers un fort mauvais repas ?
Il faut d'autres objets à votre intelligence.

De l'esprit qui vous meut vous recherchez l'essence,
Son principe, sa fin, et surtout son devoir.
Voyons sur ce grand point ce qu'on a pu savoir,
Ce que l'erreur fait croire aux docteurs du vulgaire,
Et ce que vous inspire un Dieu qui vous éclaire.
Dans le fond de nos cœurs il faut chercher ses [traits :
Si Dieu n'est pas dans nous, il n'exista jamais.
Ne pouvons-nous trouver l'auteur de notre vie
Qu'au labyrinthe obscur de la théologie ?
Origène et Jean Scott sont chez vous sans crédit :
La nature en sait plus qu'ils n'en ont jamais dit.
Ecartons ces romans qu'on appelle systèmes ;
Et pour nous élever descendons dans nous-mêmes.

A arte ora frívola ora divina,
A arte dos versos é para Pope útil ao género humano.
Que me interessa se o bajulador de Octávio,
Parasita discreto, simples escravo habilidoso,
Do leito da sua Glicéria, ou de Ligurino,
Em prosa cadente insulta Crispino;
Que Boileau, derramando mais sal do que graça,
Queira insultar Quinault, pense em aviltar o Tasso;
Que pinte de Paris tristes embaraços,
Ou descreva em belos versos um mau banquete?
A tua inteligência precisa de outros temas.

Do espírito que nos move procuras a essência,
O seu princípio, o seu fim, sobretudo o seu dever.
Vejamos, neste insigne ponto, o que se almejou saber,
O que o erro fez crer aos doutores do vulgo,
E o que nos inspira um Deus que nos esclarece.
No fundo dos nossos corações se deve procurar a sua [imagem;
Se Deus não se acha em nós, nunca existiu.
Estará o autor da nossa vida apenas presente
Nos obscuros labirintos da teologia?
Orígenes e João Escoto são para ti sem valia;
A natureza sabe mais do que eles disseram.
Afastemos esses romances chamados sistemas,
E para nos elevarmos, desçamos até nós mesmos.

PREMIERE PARTIE

Dieu a donné aux hommes les idées de la justice, et la conscience pour les avertir, comme il leur a donné tout ce qui leur est nécessaire. C'est là cette loi naturelle sur laquelle la religion est fondée; c'est le seul principe qu'on développe ici. L'on ne parle que de la loi naturelle, et non de la religion et de ses augustes mystères.

Soit qu'un Etre inconnu, par lui seul existant,
Ait tiré depuis peu l'univers de néant ;
Soit qu'il ait arrangé la matière éternelle ;
Qu'elle nage en son sein, ou qu'il règne loin d'elle ;
Que l'âme, ce flambeau souvent si ténébreux,
Ou soit un de nos sens ou subsiste sans eux ;
Vous êtes sous la main de ce maître invisible.

Mais du haut de son trône, obscur, inaccessible,
Quel hommage, quel culte exige-t-il de vous ?
De sa grandeur suprême indignement jaloux,

PRIMEIRA PARTE

Para os advertir, Deus agraciou os homens com as ideias de justiça e com a consciência, como os agraciou com tudo o que necessitam. Nasce aí essa lei natural sobre a qual a religião é fundada; é este o único princípio que se desenvolve aqui. Falamos unicamente da lei natural, e não da religião e dos seus augustos mistérios.

Ainda que um Ser desconhecido, por si mesmo existente,
Tenha há pouco arrancado o Universo ao nada;
Ainda que tenha disposto a matéria eterna,
Que nade no seu seio, ou que reine longe dela(3);
Ainda que a alma, essa tocha tantas vezes tenebrosa,
Seja um dos nossos sentidos ou subsista sem eles,
Estás sob o poder desse amo invisível.

Mas do alto do seu trono, obscuro, inacessível,
Que homenagem, que culto exige ele de ti?
Da sua grandeza suprema indignamente zeloso,

Des louanges, des voeux, flattent-ils sa puissance ?
Est-ce le peuple altier conquérant de Byzance,
Le tranquille Chinois, le Tartare indompté,
Qui connaît son essence, et suit sa volonté ?
Différents dans leurs moeurs ainsi qu'en leur hommage,
Ils lui font tenir tous un différent langage :
Tous se sont donc trompés. Mais détournons les yeux
De cet impur amas d'imposteurs odieux ;
Et, sans vouloir sonder d'un regard téméraire
De la loi des chrétiens l'ineffable mystère,
Sans expliquer en vain ce qui fut révélé,
Cherchons par la raison si Dieu n'a point parlé.

La nature a fourni d'une main salutaire
Tout ce qui dans la vie à l'homme est nécessaire,
Les ressorts de son âme, et l'instinct de ses sens.
Le ciel à ses besoins soumet les éléments.
Dans les plis du cerveau la mémoire habitante
Y peint de la nature une image vivante.
Chaque objet de ses sens prévient la volonté ;
Le son dans son oreille est par l'air apporté;
Sans efforts et sans soins son oeil voit la lumière.
Sur son Dieu, sur sa fin, sur sa cause première,
L'homme est-il sans secours à l'erreur attaché ?
Quoi! le monde est visible, et Dieu serait caché ?
Quoi! le plus grand besoin que j'aie en ma misère
Est le seul qu'en effet je ne puis satisfaire ?
Non; le Dieu qui m'a fait ne m'a point fait en vain :
Sur le front des mortels il mit son sceau divin.
Je ne puis ignorer ce qu'ordonna mon maître ;
Il m'a donné sa loi puisqu'il m'a donné l'être.

Serão louvores e súplicas que exaltam o seu poder?
É o altivo povo conquistador de Bizâncio,
O tranquilo Chinês, o Tártaro indomável,
Que conhece a sua essência e segue a sua vontade?
Diferentes nos seus costumes e nas suas homenagens,
Todos o fazem falar de um modo diferente
E por isso todos se enganaram. Desviemos, porém, os olhos
Dessa impura massa de impostores odiosos(4),
E, sem querer sondar com um olhar temerário
Da lei dos cristãos o inefável mistério,
Sem explicar em vão o que foi revelado,
Procuremos usando a razão se Deus terá falado.

A natureza facultou com mão salutar,
Tudo o que na vida o homem carece,
As faculdades da sua alma e o instinto dos seus sentidos.
O céu submete as suas necessidades aos elementos.
Nos recantos do cérebro habita a memória,
Pintando aí da natureza uma imagem viva.
Cada objeto antecipa a vontade dos seus sentidos:
O som ao seu ouvido é trazido pelo ar;
Sem esforços e cuidados o olho vê a luz.
Sobre o seu Deus, o seu fim, a sua causa primeira,
Estará o homem indefeso entregue ao erro?
Como?! Será o mundo visível e Deus oculto?
Como?! A maior necessidade que tenho na minha miséria,
será ela a única que não posso satisfazer?
Não, o Deus que me criou não o fez em vão,
Na fronte dos mortais colocou o selo divino.
O que o meu senhor ordenou não posso ignorar,
Ele me deu a sua lei, pois meu ser me ofertou.

Sans doute il a parlé; mais c'est à l'univers :
Il n'a point de l'Egypte habité les déserts ;
Delphes, Délos, Ammon, ne sont pas ses asiles ;
Il ne se cacha point aux antres des sibylles.
La morale uniforme en tout temps, en tout lieu,
A des siècles sans fin parle au nom de ce Dieu.
C'est la loi de Trajan, de Socrate, et la vôtre.
De ce culte éternel la nature est l'apôtre.
Le bon sens la reçoit; et les remords vengeurs,
Nés de la conscience, en sont les défenseurs ;
Leur redoutable voix partout se fait entendre.

Pensez-vous en effet que ce jeune Alexandre,
Aussi vaillant que vous, mais bien moins modéré,
Teint du sang d'un ami trop inconsidéré,
Ait pour se repentir consulté des augures ?
Ils auraient dans leurs eaux lavé ses mains impures;
Ils auraient à prix d'or absous bientôt le roi.
Sans eux, de la nature il écouta la loi :
Honteux, désespéré d'un moment de furie,
Il se jugea lui-même indigne de la vie.
Cette loi souveraine, à la Chine, au Japon,
Inspira Zoroastre, illumina Solon.
D'un bout du monde à l'autre elle parle, elle crie :
« Adore un Dieu, sois juste, et chéris ta patrie. »
Ainsi le froid Lapon crut un Etre éternel ;
Il est de la justice un instinct naturel,
Et le Nègre vendu sur un lointain rivage
Dans les Nègres encore aima sa noire image.
Jamais un parricide, un calomniateur,
N'a dit tranquillement dans le fond de son cœur :

Falou, sem dúvida, mas ao Universo;
Os desertos do Egipto não habitou.
Delfos, Delos, Amón não são seus asilos,
Nem do antro das Sibilas se ocultou.
A moral sempre constante e omnipresente,
Aos séculos sem fim fala em nome desse Deus.
É a lei de Trajano, de Sócrates e a vossa,
Desse culto eterno é a natureza o apóstolo.
O bom senso a recebe, e os remorsos vingadores,
Nascidos da consciência, são seus defensores;
A sua voz temível ouve-se por todo o lado.

Pensas que esse jovem Alexandre,
Valente como tu, mas muito menos moderado,
Tingido de sangue de um amigo inconsiderado,
Para se arrepender os áugures tenha consultado?
Nas suas águas lavariam as mãos impuras,
E a peso de ouro o rei de imediato absolveriam.
Sem eles, foi da natureza que escutou a lei;
Envergonhado, furiosamente desesperado,
Julgou-se a si mesmo indigno da vida.
Essa lei soberana, da China, do Japão,
Inspirou Zoroastro, iluminou Sólon.
De uma ponta à outra do mundo ela fala, grita:
«Adora um Deus, sê justo e amai a pátria.»
Assim, a fria Lapónia crê num Ser eterno
E tem da justiça um instinto natural,
E o negro vendido em costas longínquas
Também nos negros amou a sua negra imagem.
Nunca um parricida, um caluniador,
Disse tranquilamente do fundo do seu coração:

« Qu'il est beau, qu'il est doux d'accabler l'innocence,
De déchirer le sein qui nous donna naissance !
Dieu juste, Dieu parfait, que le crime a d'appas ! »
Voilà ce qu'on dirait, mortels, n'en doutez pas,
S'il n'était une loi terrible, universelle,
Que respecte le crime en s'élevant contre elle.
Est-ce nous qui créons ces profonds sentiments ?
Avons-nous fait notre âme ? avons-nous fait nos [sens ?
L'or qui naît au Pérou, l'or qui naît à la Chine,
Ont la même nature et la même origine:
L'artisan les façonne, et ne peut les former.
Ainsi l'Etre éternel qui nous daigne animer
Jeta dans tous les cœurs une même semence.
Le ciel fit la vertu; l'homme en fit l'apparence.
Il peut la revêtir d'imposture et d'erreur,
Il ne peut la changer; son juge est dans son cœur.

«Que belo é, que doce é arruinar a inocência,
Rasgar o seio que nos fez nascer!
Ó Deus justo, ó Deus perfeito, quantos atrativos tem o crime!
Eis o que se diria, mortais, não tenhais dúvidas,
Se não houvesse uma lei terrível, universal,
Que o crime respeita voltando-se contra ela.
Seremos nós que criamos estes sentimentos profundos?
Fomos nós que fizemos a nossa alma? Fizemos nós os
[nossos sentidos?
O ouro que nasce no Peru, o ouro que nasce na China,
Tem a mesma natureza e a mesma origem:
O artesão trabalha-os, mas não os pode formar.
Assim também o Ser eterno, que se dignou animar-nos,
Em todos os corações lançou uma mesma semente.
O céu gerou a virtude; o homem a sua aparência.
Pode revesti-la de impostura e erro,
Mas não a pode mudar; o coração será o seu juiz.

DEUXIÈME PARTIE

Réponses aux objections contre les principes d'une morale universelle. Preuve de cette vérité.

J'entends avec Cardan Spinoza qui murmure :
« Ces remords, me dit-il, ces cris de la nature,
Ne sont que l'habitude, et les illusions
Qu'un besoin mutuel inspire aux nations. »

Raisonneur malheureux, ennemi de toi-même,
D'où nous vient ce besoin ? Pourquoi l'Etre suprême
Mit-il dans notre cœur, à l'intérêt porté,
Un instinct qui nous lie à la société ?
Les lois que nous faisons, fragiles, inconstantes,
Ouvrages d'un moment, sont partout différentes.
Jacob chez les Hébreux put épouser deux soeurs ;
David, sans offenser la décence et les moeurs,
Flatta de cent beautés la tendresse importune ;
Le pape au Vatican n'en peut posséder une.
Là, le père à son gré choisit son successeur ;

SEGUNDA PARTE

Resposta às objeções contra os princípios de uma moral universal. Prova dessa verdade.

Ouço com Cardan os murmúrios de Espinosa:
«Esses remorsos – diz-me ele – esses gritos da natureza,
não passam de hábito, e as ilusões
necessidade mútua que inspira às nações.»

Tagarela desgraçado, inimigo de ti mesmo,
Donde nos vem essa necessidade? Porque o Ser supremo,
Introduziu no nosso coração, propenso ao interesse,
um instinto que nos liga à sociedade?
As leis que criamos, frágeis, inconstantes,
Obras de um momento, por todo o lado diferentes.
Jacob hebreu pôde esposar duas irmãs;
David, sem ofender a decência e os costumes,
Elogiou com cem beldades a ternura importuna;
Nenhuma pode possuir o Papa no Vaticano.
Aí, escolhe à vontade o padre seu sucessor;

Ici, l'heureux aîné de tout est possesseur.
Un Polaque à moustache, à la démarche altière,
Peut arrêter d'un mot sa république entière;
L'empereur ne peut rien sans ses chers électeurs.
L'Anglais a du crédit, le pape a des honneurs.
Usages, intérêts, cultes, lois, tout diffère.
Qu'on soit juste, il suffit; le reste est arbitraire.

Mais tandis qu'on admire et ce juste et ce beau,
Londres immole son roi par la main d'un bourreau ;
Du pape Borgia le bâtard sanguinaire
Dans les bras de sa soeur assassine son frère ;
Là, le froid Hollandais devient impétueux,
Il déchire en morceaux deux frères vertueux ;
Plus loin la Brinvilliers, dévote avec tendresse,
Empoisonne son père en courant à confesse ;
Sous le fer du méchant le juste est abattu.
Eh bien ! conclurez-vous qu'il n'est point de vertu ?
Quand des vents du midi les funestes haleines
De semences de mort ont inondé nos plaines,
Direz-vous que jamais le ciel en son courroux
Ne laissa la santé séjourner parmi nous ?
Tous les divers fléaux dont le poids nous accable,
Du choc des éléments effet inévitable,
Des biens que nous goûtons corrompent la douceur ;
Mais tout est passager, le crime et le malheur :
De nos désirs fougueux la tempête fatale
Laisse au fond de nos cœurs la règle et la morale.
C'est une source pure: en vain dans ses canaux
Les vents contagieux en ont troublé les eaux ;
En vain sur sa surface une fange étrangère

Aqui, o ditoso primogénito de tudo é possuidor.
Um polaco de bigodes e de pose altaneira,
Pode parar com uma palavra uma república inteira;
O imperador nada pode sem os seus queridos eleitores;
O inglês tem crédito, o papa tem honrarias;
Usos, interesses, cultos, leis, tudo difere.
Basta que se seja justo; o restante é arbitrário.([5])

Mas enquanto se admira o que é justo e belo,
Londres imola o seu rei pela mão de um verdugo;
O sanguinário bastardo Papa Bórgia
Nos braços da sua irmã assassina o seu irmão;
Ali, o frio holandês impetuoso se torna,
Desfaz em pedaços dois irmãos virtuosos.([6])
Mais longe, a Brinvilliers([7]), uma devota ternurenta,
Envenena o pai enquanto corre para o confessionário:
Sob o ferro do malvado jaz o justo.
Será por isso que concluiremos que não há virtude?
Quando os ventos do Sul de hálitos funestos
Inundaram de sementes de morte as nossas planícies,
Dirás que nunca o céu, na sua ira,
Deixou a saúde habitar entre nós?
As diversas calamidades cujo peso nos arruína,
Do choque dos elementos efeito inevitável,
Dos bens que gozamos corrompem a doçura.
Mas tudo é passageiro, o crime e a desgraça:
Dos nossos desejos fogosos a tempestade fatal
Deixa no fundo dos corações a regra e a moral.
É uma fonte pura: em vão nos seus canais
Os ventos contagiosos lhes agitaram as águas;
Em vão, à superfície uma imundície alheia

Apporte en bouillonnant un limon qui l'altère ;
L'homme le plus injuste et le moins policé
S'y contemple aisément quand l'orage est passé.
Tous ont reçu du ciel avec l'intelligence
Ce frein de la justice et de la conscience.
De la raison naissante elle est le premier fruit ;
Dès qu'on la peut entendre, aussitôt elle instruit :
Contrepoids toujours prompt à rendre l'équilibre
Au cœur plein de désirs, asservi, mais né
[libre ;
Arme que la nature a mise en notre main,
Qui combat l'intérêt par l'amour du prochain.
De Socrate, en un mot, c'est là l'heureux génie;
C'est là ce dieu secret qui dirigeait sa vie,
Ce dieu qui jusqu'au bout présidait à son sort
Quand il but sans pâlir la coupe de la mort.
Quoi! cet esprit divin n'est-il que pour Socrate ?
Tout mortel a le sien, qui jamais ne le flatte.
Néron, cinq ans entiers, fut soumis à ses lois ;
Cinq ans, des corrupteurs il repoussa la voix.
Marc Aurèle, appuyé sur la philosophie,
Porta ce joug heureux tout le temps de sa vie.
Julien, s'égarant dans sa religion,
Infidèle à la loi, fidèle à la raison,
Scandale de l'Eglise, et des rois le modèle,
Ne s'écarta jamais de la loi naturelle.

On insiste, on me dit: « L'enfant dans son berceau
N'est point illuminé par ce divin flambeau ;
C'est l'éducation qui forme ses pensées ;
Par l'exemple d'autrui ses moeurs lui sont tracées ;

Em tumulto faz surgir um lodo que a altera;
O homem mais injusto e menos civilizado
Nela se contempla quando a tormenta houver passado.
Todos receberam do céu com a inteligência
esse freio da justiça e da consciência.
Da razão nascente ela é o primeiro fruto,
Que nos instrui logo que a sabemos escutar.
Contrapeso sempre pronto a oferecer o equilíbrio
Ao coração carregado de desejos, submisso, mas nascido
[livre;
Arma que a natureza pôs na nossa mão,
Que combate o interesse em nome do amor ao próximo.
De Sócrates era a consciência o génio ditoso,
O deus secreto que dirigia a sua vida;
Esse deus que presidiu à sua sorte até ao fim
Quando bebeu sem empalidecer o copo da morte.
Pois então, esse espírito divino apenas a Sócrates pertence?
Todo o mortal tem o seu, que nunca o lisonja.
Nero submeteu-se às suas leis cinco anos inteiros;
E por cinco anos evitou as vozes dos corruptores.
Marco Aurélio, apoiado na sua filosofia,
Carregou esse feliz jugo toda a sua vida;
Juliano, desviando-se da sua fé,
Infiel à lei, fiel à razão,
Escândalo da Igreja, e dos reis o modelo,
Nunca se afastou da lei natural.

Dizem-me com insistência: «A criança no seu berço
Não é iluminada por essa chama divina;
É a educação que forma os seus pensamentos;
É o exemplo dos outros que lhe molda o carácter.

Il n'a rien dans l'esprit, il n'a rien dans le cœur ;
De ce qui l'environne il n'est qu'imitateur;
Il répète les noms de devoir, de justice ;
Il agit en machine; et c'est par sa nourrice
Qu'il est juif ou païen, fidèle ou musulman,
Vêtu d'un justaucorps, ou bien d'un doliman. »

Oui, de l'exemple en nous je sais quel est l'empire.
Il est des sentiments que l'habitude inspire.
Le langage, la mode et les opinions,
Tous les dehors de l'âme, et ses préventions,
Dans nos faibles esprits sont gravés par nos pères,
Du cachet des mortels impressions légères.
Mais les premiers ressorts sont faits d'une autre main :
Leur pouvoir est constant, leur principe est divin.
Il faut que l'enfant croisse, afin qu'il les exerce ;
Il ne les connaît pas sous la main qui le berce.
Le moineau, dans l'instant qu'il a reçu le jour,
Sans plumes dans son nid, peut-il sentir l'amour ?
Le renard en naissant va-t-il chercher sa proie ?
Les insectes changeants qui nous filent la soie,
Les essaims bourdonnants de ces filles du ciel
Qui pétrissent la cire et composent le miel,
Sitôt qu'ils sont éclos forment-ils leur ouvrage ?
Tout mûrit par le temps, et s'accroît par l'usage.
Chaque être a son objet, et dans l'instant marqué
Il marche vers le but par le ciel indiqué.
De ce but, il est vrai, s'écartent nos caprices ;
Le juste quelquefois commet des injustices;
On fuit le bien qu'on aime, on hait le mal qu'on fait :
De soi-même en tout temps quel cœur est satisfait ?

Nada possui no espírito, nada no coração;
Do que o rodeia é apenas o imitador,
Repetidor dos nomes do dever e da justiça;
Agindo como uma máquina, é a sua ama
Que o torna judeu ou pagão, fiel ou muçulmano,
Que lhe veste um dólman ou um gibão.

Sim, do exemplo em nós eu sei qual é a influência;
são sentimentos que o hábito inspira.
A linguagem, a moda e as opiniões,
Todo o exterior da alma, e suas preocupações,
São impressões ligeiras gravadas pelos nossos pais
em nossa débil alma com o sinete dos mortais.
Mas os primeiros impulsos vêm de uma outra mão:
Constante é o seu poder, divino o seu princípio.
Deve a criança crescer para os praticar,
Ela não os reconhece na mão que o embala.
O passarito, no momento em que nascc,
Depenado no seu ninho, poderá ele sentir o amor?
Busca a raposa recém-nascida a sua presa?
Os insetos mutantes que nos fiam a seda,
Os enxames buliçosos dessas filhas do céu,
Que moldam a cera e fazem o mel,
Começam a trabalhar mal saem do casulo?
Tudo amadurece com o tempo e cresce com o uso.
Cada ser tem o seu objeto, e no instante assinalado,
Caminha para o fim que o céu lhe indicou.
Deste fim, é certo, se apartam os nossos caprichos,
E o justo, por vezes, comete injustiças;
E foge-se do bem que se ama, e odeia-se o mal que se faz:
Que coração está sempre satisfeito consigo mesmo?

L'homme, on nous l'a tant dit, est une énigme
[obscure :
Mais en quoi l'est-il plus que toute la nature ?
Avez-vous pénétré, philosophes nouveaux,
Cet instinct sûr et prompt qui sert les animaux ?
Dans son germe impalpable avez-vous pu connaître
L'herbe qu'on foule aux pieds, et qui meurt pour renaître ?
Sur ce vaste univers un grand voile est jeté ;
Mais, dans les profondeurs de cette obscurité,
Si la raison nous luit, qu'avons-nous à nous plaindre ?
Nous n'avons qu'un flambeau, gardons-nous de l'éteindre.

Quand de l'immensité Dieu peupla les déserts,
Alluma des soleils, et souleva des mers :
« Demeurez, leur dit-il, dans vos bornes prescrites. »
Tous les mondes naissants connurent leurs limites.
Il imposa des lois à Saturne, à Vénus,
Aux seize orbes divers dans nos cieux contenus,
Aux éléments unis dans leur utile guerre,
A la course des vents, aux flèches du tonnerre,
A l'animal qui pense, et né pour l'adorer,
Au ver qui nous attend, né pour nous dévorer.
Aurons-nous bien l'audace, en nos faibles cervelles,
D'ajouter nos décrets à ces lois immortelles ?
Hélas! serait-ce à nous, fantômes d'un moment,
Dont l'être imperceptible est voisin du néant,
De nous mettre à côté du maître du tonnerre,
Et de donner en dieux des ordres à la terre ?

Disseram-nos amiúde que o homem é um enigma
[obscuro:
Mas em que o é mais do que toda a natureza?
Perscrutaram vós, filósofos modernos,
Esse instinto seguro e pronto que serve os animais?
No seu germe impalpável soubestes reconhecer
A erva que pisais e que morre para renascer?
Um grande véu cobre este vasto universo,
Mas, nas profundezas desta obscuridade,
Se a razão nos alumia, de que nos lamentamos nós?
Não temos senão uma tocha; não a deixemos apagar-se.

Quando Deus povoou os desertos de imensidão,
Alumiou os sóis, ergueu os mares, disse-lhes:
«Ficai nos limites prescritos.»
Todos os mundos nascentes conhecem os seus limites.
Impôs leis a Saturno e a Vénus,
Aos dezasseis orbes diferentes nos nossos céus,
Aos elementos unidos numa guerra útil,
Ao curso dos ventos, às flechas da tempestade,
Ao animal que pensa, nascido para o adorar,
Ao verme que nos espera, nascido para nos devorar.
Teremos nós a audácia, em nossos frágeis cérebros,
De juntar os nossos decretos a essa leis imortais?(8)
Ai! Será que nos cabe a nós, fantasmas de um momento,
Cujo ser impercetível está próximo do nada,
Pôr-nos do lado do senhor do trovão,
e dar ordens à terra como se fôramos deuses?

TROISIÈME PARTIE

Que les hommes, ayant pour la plupart défiguré, par les opinions qui les divisent, le principe de la religion naturelle qui les unit, doivent se supporter les uns les autres.

L'univers est un temple où siège l'Eternel.
Là chaque homme à son gré veut bâtir un autel.
Chacun vante sa foi, ses saints et ses miracles,
Le sang de ses martyrs, la voix de ses oracles.
L'un pense, en se lavant cinq ou six fois par jour,
Que le ciel voit ses bains d'un regard plein d'amour,
Et qu'avec un prépuce on ne saurait lui plaire ;
L'autre a du dieu Brama désarmé la colère,
Et, pour s'être abstenu de manger du lapin,
Voit le ciel entrouvert, et des plaisirs sans fin.
Tous traitent leurs voisins d'impurs et d'infidèles :
Des chrétiens divisés les infâmes querelles
Ont, au nom du Seigneur, apporté plus de maux,

TERCEIRA PARTE

Que os homens, por terem, na sua maioria, desfigurado, através de opiniões que os dividem, o princípio da religião natural que os une, devem suportar-se uns aos outros.

O Universo é um templo onde se senta o Eterno.
Aí, cada homem(9) quer construir um altar a seu gosto.
Cada um louva a sua fé, os seus santos e milagres,
O sangue dos mártires, a voz dos oráculos.
Um pensa, lavando-se cinco ou seis vezes por dia,
Que o céu olha os seus banhos com um olhar amoroso,
E que com um prepúcio seria impossível satisfazê-lo;
Outro, do deus Brama desarmou a cólera,
E por se ter abstido de comer coelho,
Vê o céu entreaberto e prazeres sem fim.
Todos tratam os seus vizinhos como impuros e infiéis;
Cristãos divididos por infames querelas,
Em nome do Senhor outros males geraram,

Répandu plus de sang, creusé plus de tombeaux,
Que le prétexte vain d'une utile balance
N'a désolé jamais l'Allemagne et la France.

Un doux inquisiteur, un crucifix en main,
Au feu, par charité, fait jeter son prochain,
Et, pleurant avec lui d'une fin si tragique,
Prend, pour s'en consoler, son argent qu'il s'applique ;
Tandis que, de la grâce ardent à se toucher,
Le peuple, en louant Dieu, danse autour du bûcher.
On vit plus d'une fois, dans une sainte ivresse,
Plus d'un bon catholique, au sortir de la messe,
Courant sur son voisin pour l'honneur de la foi,
Lui crier: « Meurs, impie, ou pense comme moi. »
Calvin et ses suppôts, guettés par la justice,
Dans Paris, en peinture, allèrent au supplice.
Servet fut en personne immolé par Calvin.
Si Servet dans Genève eût été souverain,
Il eût, pour argument contre ses adversaires,
Fait serrer d'un lacet le cou des trinitaires.
Ainsi d'Arminius les ennemis nouveaux
En Flandre étaient martyrs, en Hollande bourreaux.

D'où vient que, deux cents ans, cette pieuse rage
De nos aïeux grossiers fut l'horrible partage ?
C'est que de la nature on étouffa la voix ;
C'est qu'à sa loi sacrée on ajouta des lois ;
C'est que l'homme, amoureux de son sot esclavage,
Fit, dans ses préjugés, Dieu même à son [image.
Nous l'avons fait injuste, emporté, vain, jaloux,
Séducteur, inconstant, barbare comme nous.

Mais sangue espalharam, túmulos escavaram,
Do que alguma vez gerou o pretexto vão
de uma útil balança entre Alemanha e França.

Um doce inquisidor, de crucifixo na mão,
Ao fogo, por caridade, lança o seu próximo,
E, chorando com ele um fim tão trágico,
Os seus bens aplica para se consolar.
O povo, tocado pela graça ardente,
Louvando a Deus, dança em torno da fogueira.
Mais do que uma vez se viu um bom católico, no final
[da missa,
Avançando sobre o seu vinho, pela honra da fé,
Gritar-lhe: «Morre, ímpio, ou pensa como eu.»
Calvino e seus seguidores, espiados pela justiça,
Em Paris, como efígies, foram lançados ao suplício.
Servet foi, em pessoa, imolado por Calvino.
Se, em Genebra, Servet tivesse sido soberano,
Teria, como argumento contra os seus adversários,
Mandado cortar o pescoço dos Trinitários.
E assim também, os novos inimigos de Armínio,
Na Flandres eram mártires, na Holanda carrascos.

Qual a origem desta piedosa raiva de duzentos anos
Partilhada pelos nossos avós ignorantes?
Foi porque se calou a voz da natureza;
Foi porque à lei sagrada acrescentámos novas leis;
Foi porque o homem, amoroso da sua néscia escravatura,
Fez, por conta dos seus preconceitos, o próprio Deus à
[sua imagem.
Fizemo-lo injusto, colérico, frívolo, invejoso,
Sedutor, inconstante, bárbaro como nós.

Enfin, grâce en nos jours à la philosophie,
Qui de l'Europe au moins éclaire une partie,
Les mortels, plus instruits, en sont moins inhumains ;
Le fer est émoussé, les bûchers sont éteints.
Mais si le fanatisme était encor le maître,
Que ces feux étouffés seraient prompts à renaître !
On s'est fait, il est vrai, le généreux effort
D'envoyer moins souvent ses frères à la mort ;
On brûle moins d'Hébreux dans les murs de Lisbonne ;
Et même le mouphti, qui rarement raisonne,
Ne dit plus aux chrétiens que le sultan soumet :
« Renonce au vin, barbare, et crois à Mahomet. »
Mais du beau nom de chien ce mouphti nous honore ;
Dans le fond des enfers il nous envoie encore.
Nous le lui rendons bien: nous damnons à la fois
Le peuple circoncis, vainqueur de tant de rois,
Londres, Berlin, Stockholm et Genève: et vous-même
Vous êtes, ô grand roi, compris dans l'anathème.
En vain, par des bienfaits signalant vos beaux [jours,
A l'humaine raison vous donnez des secours,
Aux beaux-arts des palais, aux pauvres des asiles,
Vous peuplez les déserts, vous les rendez fértiles ;
De fort savants esprits jurent sur leur salut
Que vous êtes sur terre un fils de Belzébut.

Les vertus des païens étaient, dit-on, des crimes.
Rigueur impitoyable! odieuses maximes !
Gazetier clandestin dont la plate âcreté
Damne le genre humain de pleine autorité,
Tu vois d'un oeil ravi les mortels, tes semblables,

Enfim, hoje, graças à filosofia,
Que da Europa uma parte alumia,
Os mortais, mais instruídos, menos desumanos são;
O ferro está rombo, as fogueiras apagadas.
Mas se o fanatismo fosse ainda senhor,
Esses fogos extintos de pronto ganhariam novo vigor!
Fez-se, é verdade, o generoso esforço
De menos frequentemente enviar os irmãos para a morte:
Queimam-se menos judeus na cidade de Lisboa([10]);
E mesmo o mufti, que tão raro pensa,
Não diz já aos cristãos, escravos do sultão:
«Renuncia ao vinho, bárbaro, e crê em Maomé.»
Mas honra-nos esse mufti com o belo epíteto de cão,
E para os infernos nos envia ainda.
A ele lhe devolvemos a graça, condenando
O povo circunciso, vencedor de tantos reis,
Em Londres, Berlim, Estocolmo e Genebra; e mesmo vós,
Vós, ó grande rei, ao anátema não fugis.
Em vão assinalais com benefícios os belos dias
[do vosso reinado]:
À humana razão prestais socorro,
Às belas-artes dais palácios, aos pobres asilos,
Povoais os desertos e férteis os tornastes;
Espíritos sapientíssimos juram pela sua salvação([11])
Que sois de Belzebu um filho na terra.

Diz-se que as virtudes dos pagãos eram crimes.
Rigor implacável! Máximas odiosas!
Gazeteiro clandestino cuja acritude mesquinha
Condena o género humano autoritariamente,
Tu vês extasiado os mortais, teus semelhantes,

Pétris des mains de Dieu pour le plaisir des diables.
N'es-tu pas satisfait de condamner au feu
Nos meilleurs citoyens, Montaigne et Montesquieu ?
Penses-tu que Socrate et le juste Aristide,
Solon, qui fut des Grecs et l'exemple et le guide ;
Penses-tu que Trajan, Marc Aurèle, Titus,
Noms chéris, noms sacrés, que tu n'as jamais lus,
Aux fureurs des démons sont livrés en partage
Par le Dieu bienfaisant dont ils étaient l'image;
Et que tu seras, toi, de rayons couronné,
D'un choeur de chérubins au ciel environné,
Pour avoir quelque temps, chargé d'une besace,
Dormi dans l'ignorance et croupi dans la crasse ?
Sois sauvé, j'y consens; mais l'immortel Newton,
Mais le savant Leibnitz, et le sage Addison,
Et ce Locke, en un mot, dont la main courageuse
A de l'esprit humain posé la borne heureuse ;
Ces esprits qui semblaient de Dieu même éclairés,
Dans des feux éternels seront-ils dévorés ?
Porte un arrêt plus doux, prends un ton plus modeste,
Ami; ne préviens point le jugement céleste ;
Respecte ces mortels, pardonne à leur vertu :
Ils ne t'ont point damné, pourquoi les damnes-tu ?
A la religion discrètement fidèle,
Sois doux, compatissant, sage, indulgent, comme elle ;
Et sans noyer autrui songe à gagner le port :
La clémence a raison, et la colère a tort.
Dans nos jours passagers de peines, de misères,
Enfants du même Dieu, vivons au moins en frères ;
Aidons-nous l'un et l'autre à porter nos fardeaux ;
Nous marchons tous courbés sous le poids de nos maux ;

Amassados pelas mãos de Deus para gosto dos diabos.
Não te satisfaz condenar ao fogo
Os nossos melhores cidadãos, Montaigne e Montesquieu?
Pensas tu que Sócrates e o Justo Aristides,
Sólon, que foi dos Gregos exemplo e guia;
Pensas tu que Trajano, Marco Aurélio, Tito,
Nomes queridos, nomes sagrados, que tu nunca leste,
Aos furores dos demónios são abandonados
Pelo Deus benevolente de que eram a imagem;
E serás tu de raios coroado,
De um coro de querubins celestes rodeado,
Por teres fugazmente carregado um alforge,
Dormido na ignorância e apodrecido na sujidade?
Salva-te, concedo-to; mas o imortal Newton,
O erudito Leibniz e o sábio Addison,
E esse Locke, enfim, cuja mão corajosa(12)
Limites oportunos impôs ao espírito humano;
Esses espíritos que o próprio Deus parece ter ilustrado,
Nos fogos eternos serão devorados?
Adoça o teu juízo, assume um tom mais modesto,
Amigo; não antecipes o julgamento dos céus.
Respeita os mortais, perdoa as suas virtudes,
Eles não te condenaram, porque os condenas tu?
Discretamente fiel à religião,
Como ela sê doce, compassivo, sábio, indulgente:
E sem afogar ninguém, pensa em chegar à margem;
A clemência tem razão e a cólera falha.
Nestes nossos dias passageiros de penas, de misérias,
Filhos do mesmo Deus, vivamos ao menos como irmãos;
Ajudemo-nos uns aos outros a carregar o fardo;
Marchamos curvados sob o peso dos nossos males;

Mille ennemis cruels assiègent notre vie,
Toujours par nous maudite, et toujours si chérie ;
Notre cœur égaré, sans guide et sans appui,
Est brûlé de désirs, ou glacé par l'ennui ;
Nul de nous n'a vécu sans connaître les larmes.
De la société les secourables charmes
Consolent nos douleurs, au moins quelques instants :
Remède encor trop faible à des maux si constants.
Ah ! n'empoisonnons pas la douceur qui nous reste.
Je crois voir des forçats dans un cachot funeste,
Se pouvant secourir, l'un sur l'autre acharnés,
Combattre avec les fers dont ils sont enchaînés.

Mil inimigos cruéis cercam a nossa vida,
Sempre por nós maldita, e sempre tão querida.
O nosso coração extraviado, sem guia e sem apoio,
Pelos desejos abrasado, pelo tédio esfriado.
Ninguém viveu sem conhecer as lágrimas.
Consolem as nossas dores, ao menos por uns instantes,
Remédio ainda fraco para males tão constantes.
Ai, não envenenemos a doçura que nos resta.
Julgo ver sentenciados numa masmorra funesta,
Capazes de se socorrer uns aos outros, mas açulados,
Combaterem com os ferros com que estão agrilhoados.

QUATRIÈME PARTIE

C'est au gouvernement à calmer les malheureuses disputes de l'école qui troublent la société.

Oui, je l'entends souvent de votre bouche auguste,
Le premier des devoirs, sans doute, est d'être juste ;
Et le premier des biens est la paix de nos cœurs.
Comment avez-vous pu, parmi tant de docteurs,
Parmi ces différends que la dispute enfante,
Maintenir dans l'État une paix si constante ?
D'où vient que les enfants de Calvin, de Luther,
Qu'on croit, delà les monts, bâtards de Lucifer,
Le Grec et le Romain, l'empesé quiétiste,
Le quaker au grand chapeau, le simple anabaptiste,
Qui jamais dans leur loi n'ont pu se réunir,
Sont tous, sans disputer, d'accord pour vous bénir ?
C'est que vous êtes sage, et que vous êtes maître.
Si le dernier Valois, hélas ! avait su l'être,
Jamais un jacobin, guidé par son prieur

QUARTA PARTE

Cabe ao governo acalmar as infaustas disputas de escola que agitam a sociedade.

Sim, ouvi muitas vezes da vossa augusta boca,
Que o primeiro dever é, sem dúvida, ser justo;
E o primeiro dos bens é a paz nos nossos corações.
Como pudestes vós, no meio de tantos doutores,
Entre esses diferendos que a disputa cria,
Manter no Estado uma paz tão constante?
Como é que os filhos de Calvino, de Lutero,
Que se crê, para lá dos montes, serem bastardos de Lúcifer,
O Grego e o Romano, o rígido quietista,
O quacre do grande chapéu, o simples anabatista,
Que nunca na sua lei se conseguiram acordar,
Estão todos de acordo em vos adorar?
É porque sois sábio, e porque sois o senhor.
Se o último dos Valois, ai!, tivesse sabido sê-lo,
Nunca um dominicano, guiado pelo seu prior,

De Judith et d'Aod fervent imitateur,
N'eût tenté dans Saint-Cloud sa funeste entreprise :
Mais Valois aiguisa le poignard de l'Eglise,
Ce poignard qui bientôt égorgea dans Paris,
Aux yeux de ses sujets, le plus grand des Henris.
Voilà le fruit affreux des pieuses querelles :
Toutes les factions à la fin sont cruelles ;
Pour peu qu'on les soutienne, on les voit tout oser :
Pour les anéantir il les faut mépriser.
Qui conduit des soldats peut gouverner des prêtres.
Un roi dont la grandeur éclipsa ses ancêtres
Crut pourtant, sur la foi d'un confesseur normand,
Jansénius à craindre, et Quesnel important ;
Du sceau de sa grandeur il chargea leurs sottises.
De la dispute alors cent cabales éprises,
Cent bavards en fourrure, avocats, bacheliers,
Colporteurs, capucins, jésuites, cordeliers,
Troublèrent tout l'État par leurs doctes scrupules :
Le régent, plus sensé, les rendit ridicules ;
Dans la poussière alors on les vit tous rentrer.

L'oeil du maître suffit, il peut tout opérer.
L'heureux cultivateur des présents de Pomone,
Des filles du printemps, des trésors de l'automne,
Maître de son terrain, ménage aux arbrisseaux
Les secours du soleil, de la terre et des eaux ;
Par de légers appuis soutient leurs bras débiles,
Arrache impunément les plantes inutiles,
Et des arbres touffus dans son clos renfermés
Emonde les rameaux de la sève affamés ;
Son docile terrain répond à sa culture :

De Judite e Eúde fervoroso imitador,
Teria tentado em Saint Cloud sua funesta empresa.
Mas Valois aguçou o punhal da Igreja([13]),
Esse punhal que logo degolou em Paris
O maior dos Henriques aos olhos dos seus súbditos.
Eis o fruto terrível das piedosas querelas:
No fim, todas as fações são cruéis.
Por pouco que as defendamos, a tudo ousam,
E para as aniquilar há que votá-las ao desprezo.
Quem lidera soldados, governa os padres.
Um rei([14]) cuja grandeza eclipsou a dos antepassados,
Acreditou, no entanto, sobre a fé de um confessor normando,
Que Jansénio era temível e Quesnel importante.
Com o selo da sua grandeza, deu força aos seus dislates.
Da disputa nascem então cem cabalas apaixonadas,
Cem palradores de toga, advogados, bacharéis,
Evangelizadores, capuchinhos, jesuítas, franciscanos,
Agitam o Estado com seus doutos escrúpulos.
O regente, mais sensato, torna-os ridículos([15]),
Ao pó os vê a todos voltar.

O olhar do amo basta; tudo pode ele fazer.
O feliz cultivador dos presentes de Pomona,
Das filhas da Primavera, dos tesouros do Outono,
Senhor do seu terreno, distribui às pequenas árvores
Os favores do Sol, da Terra e das águas;
Usando subtis apoios sustenta os seus braços débeis,
Arranca impunemente as plantas inúteis,
E das árvores frondosas em seu campo encerradas,
Poda os ramos da seiva famintos;
O seu dócil terreno corresponde à sua cultura;

Ministre industrieux des lois de la nature,
Il n'est pas traversé dans ses heureux desseins ;
Un arbre qu'avec peine il planta de ses mains
Ne prétend pas le droit de se rendre stérile,
Et, du sol épuisé tirant un suc utile,
Ne va pas refuser à son maître affligé
Une part de ses fruits dont il est trop charge ;
Un jardinier voisin n'eut jamais la puissance
De diriger des dieux la maligne influence,
De maudire ses fruits pendants aux espaliers,
Et de sécher d'un mot sa vigne et ses figuiers.
Malheur aux nations dont les lois opposées
Embrouillent de l'Etat les rênes divisées !
Le sénat des Romains, ce conseil de vainqueurs,
Présidait aux autels, et gouvernait les moeurs,
Restreignait sagement le nombre des vestales,
D'un peuple extravagant réglait les bacchanales.
Marc Aurèle et Trajan mêlaient, au Champ de Mars,
Le bonnet de pontife au bandeau des Césars ;
L'univers, reposant sous leur heureux génie,
Des guerres de l'école ignora la manie :
Ces grands législateurs, d'un saint zèle enivrés,
Ne combattirent point pour leurs poulets sacrés.
Rome, encore aujourd'hui conservant ces maximes
Joint le trône à l'autel par des noeuds legitimes ;
Ses citoyens en paix, sagement gouvernés,
Ne sont plus conquérants, et sont plus fortunés.
Je ne demande pas que dans sa capitale
Un roi, portant en main la crosse épiscopale,
Au sortir du conseil allant en mission,
Donne au peuple contrit sa bénédiction ;

Ministro industrioso das leis da natureza,
Não é contrariado nos seus faustos intentos;
Uma árvore que, com esforço, plantou com as próprias mãos
Não deseja o direito a ser estéril,
E porque do solo esgotado extrai um suco útil,
Não recusa ao seu amo aflito
Uma parte dos frutos que possui em demasia;
Jamais um jardineiro vizinho teve o poder
De dirigir dos deuses a maligna influência,
De maldizer os seus frutos pendentes no terraço,
E de secar com uma palavra a sua vinha e figueiras.
Desgraçadas as nações cujas leis contraditórias
Enredam as rédeas do Estado!
O Senado dos Romanos, esse conselho de vencedores,
Presidia aos altares e governava os costumes,
Restringia sabiamente o número das vestais,
De um povo extravagante regulava os bacanais.
Marco Aurélio e Trajano confundiam, no Campo de Marte,
A mitra do pontífice e a banda dos Césares;
O Universo, repousado no seu ditoso génio,
Das guerras de escolas ignorou os trejeitos:
Esses grandes legisladores, de um santo zelo embriagados,
Não combateram pelas suas galinhas sagradas.([16])
Roma, ainda hoje conservando essas máximas,
ao trono junta o altar numa união legítima.
Os seus cidadãos agora em paz, sabiamente governados,
Já não são conquistadores e são mais afortunados.
Não peço que, na sua capital,
Um rei levando na mão a cruz episcopal,
Ao sair do conselho para ir em missão,
Dê ao povo contrito a sua bênção.

Toute église a ses lois, tout peuple a son usage :
Mais je prétends qu'un roi, que son devoir engage
A maintenir la paix, l'ordre, la sûreté,
Ait sur tous ses sujets égale autorité.
Ils sont tous ses enfants; cette famille immense
Dans ses soins paternels a mis sa confiance.
Le marchand, l'ouvrier, le prêtre, le soldat,
Sont tous également les membres de l'État.
De la religion l'appareil nécessaire
Confond aux yeux de Dieu le grand et le vulgaire ;
Et les civiles lois, par un autre lien,
Ont confondu le prêtre avec le citoyen.
La loi dans tout Etat doit être universelle :
Les mortels, quels qu'ils soient, sont égaux devant [elle.
Je n'en dirai pas plus sur ces points délicats.
Le ciel ne m'a point fait pour régir les États,
Pour conseiller les rois, pour enseigner les sages ;
Mais, du port où je suis contemplant les orages,
Dans cette heureuse paix où je finis mes jours,
Eclairé par vous-même, et plein de vos discours,
De vos nobles leçons salutaire interprète,
Mon esprit suit le vôtre, et ma voix vous répète.

Que conclure à la fin de tous mes longs propos ?
C'est que les préjugés sont la raison des sots ;
Il ne faut pas pour eux se déclarer la guerre :
Le vrai nous vient du ciel, l'erreur vient de la terre ;
Et, parmi les chardons qu'on ne peut arracher,
Dans les sentiers secrets le sage doit marcher.
La paix enfin, la paix, que l'on trouble et qu'on aime,
Est d'un prix aussi grand que la vérité même.

Toda a Igreja tem as suas leis, todo um povo os seus costumes;
Mas eu quero que um rei, que o seu dever cumpre,
Para manter a paz, a ordem, a segurança,
Sobre todos os súbditos tenha igual autoridade ([17]):
Todos são seus filhos; e essa família imensa
Nos seus cuidados paternos pôs a sua confiança.
O mercador, o artesão, o padre e o soldado,
São todos por igual membros do Estado.
E o aparato necessário da religião confunde
Aos olhos de Deus o grande e o vulgo;
E as leis civis, por um outro vínculo,
Confundiram o sacerdote e o cidadão.
A lei, em todo o Estado, deve ser universal,
E diante dela, iguais são todos os mortais, sejam eles
[quem forem.
Não direi mais sobre estes pontos delicados.
O céu não me fez para reger Estados,
Para aconselhar reis, para ensinar sábios.
Mas, do porto de onde contemplo as tormentas,
Nesta paz feliz em que termino os meus dias,
Esclarecido por vós e cheio das vossas alocuções,
Intérprete salutar das vossas nobres lições,
O meu espírito segue o vosso, e a minha voz repete-vos.

Que devo concluir no final deste longo discurso?
Que os preconceitos são a razão dos tolos;
E que por eles não se deve declarar uma guerra.
A verdade chega-nos do céu, o erro da terra;
E que entre os espinhos que não podemos arrancar,
Pelos carreiros secretos deve o sábio caminhar.
E que a paz, enfim, a paz, que se entrava e se ama,
Custa tanto quanto a própria verdade.

PRIÈRE

Ô Dieu qu'on méconnaît, ô Dieu que tout annonce,
Entends les derniers mots que ma bouche prononce ;
Si je me suis trompé, c'est en cherchant ta loi.
Mon cœur peut s'égarer, mais il est plein de toi.
Je vois sans m'alarmer l'éternité paraître ;
Et je ne puis penser qu'un Dieu qui m'a fait naître,
Qu'un Dieu qui sur mes jours versa tant de bienfaits,
Quand mes jours sont éteints me tourmente à
[jamais.

PRECE

Ó Deus desconhecido, ó Deus que tudo anuncia,
Ouve as últimas palavras que a minha boca pronuncia:
Se me enganei, foi a procurar a tua lei.
O meu coração pode perder-se, mas está cheio de ti;
Vejo sem alarme a eternidade irromper,
E não posso pensar que um Deus que me criou,
Que um Deus que sobre os meus dias tantos bens derramou,
Me atormente para sempre, depois que a minha vida se
[finalizou.

Notas

([1]) Usou-se para esta tradução a edição das *Œuvres Complètes de Voltaire*, Vol. 9 (Paris: Garnier Frères, 1877). (*N. do T.*)

([2]) Sabemos que este poema, que é visto como um dos melhores trabalhos do nosso autor, foi escrito por volta de 1751, numa estada em casa da margrave de Bayreuth, irmã do rei da Prússia. Não sei que pedantes cometeram depois a atrocidade imbecil de o condenar.

Estes vis tiranos do espírito, que gozavam então de demasiada reputação, foram entretanto punidos por todas as suas insolências. (*Nota de Voltaire, 1773.*)

([3]) Sendo Deus um ser infinito, nenhum homem deve conhecer a sua natureza. Como este trabalho é inteiramente filosófico, foi necessário referir as opiniões dos filósofos. Todos os antigos, sem exceção, acreditaram na eternidade da matéria; é quase o único ponto sobre o qual concordam. A maioria defende que os deuses estruturaram o mundo; ninguém acreditava que Deus o tivesse criado do nada. Eles diziam que a inteligência celeste tinha, pela sua própria natureza, o poder de dispor da matéria e que a matéria existia pela sua própria natureza.

Segundo quase todos os filósofos e poetas, os grandes deuses habitavam longe da terra. A alma do homem, na opinião de muitos, era um fogo celeste; na opinião de outros, uma harmonia resultante dos seus órgãos; uns achavam-na uma parte da Divindade, *divinae particulam aurae*; outros, uma matéria depurada, uma quinta-essência; os mais sábios, um ser imaterial. No entanto, seja qual for a seita que tenham abraçado, todos, com exceção dos epicuristas, reconheceram que o homem está totalmente submetido à Divindade. (*Nota de Voltaire, 1756.*)

([4]) É preciso destacar Confúcio, que se ateve à religião natural, e que fez tudo o que se pode fazer sem revelação. (*Nota de Voltaire, 1756.*)

([5]) É evidente que este «arbitrário» não considera senão as coisas instituídas, as leis civis, as regras, que mudam todos os dias, segundo a necessidade e segundo a prudência dos chefes da Igreja.

Ou seja, é arbitrário, e é a mesma coisa para a salvação ser devoto a São Francisco ou a São Domingos, ir em peregrinação à Nossa Senhora de Loreto ou à Nossa Senhora das Neves, ter como guia espiritual um carmelita ou um capuchinho, recitar o rosário ou a oração dos trinta dias. Mas não é arbitrário, não é a mesma coisa, sem dúvida, ser católico apostólico romano ou servir Deus numa religião diferente. Sabemos bem, já o dissemos, e confirmamo-lo com prazer, que o rei e a rainha de Inglaterra, a câmara dos pares e dos comuns, em suma, os três reinos e as suas colónias, estão condenados para sempre porque não são católicos apostólicos romanos; que sucede o mesmo com o rei da Dinamarca, com o rei da Suécia, da Prússia, com a imperatriz da Rússia e com todos os monarcas da terra que estão fora do nosso seio. Esta verdade é incontestável. No entanto, o irmão Nonnotte e o irmão Patouillet, alegadamente jesuítas, apresentaram-se como delatores do nosso modesto autor, e acusaram-no junto do secretário dos breves, em Roma, como já se disse. Acusaram-no de ter acreditado, no seu íntimo, que é igual ser jesuíta ou jansenista ou turco. E assim como as potências beligerantes fazem muitas vezes tréguas para ir no encalço de um inimigo comum, reuniram-se desta vez para arruinar o nosso pobre autor, que gostaria que todos os homens vivessem como irmãos, se tal fosse possível. (*Nota de Voltaire, 1756.*)

Adição do autor. O senhor Marechal de R... repreende-me sempre por os meus comentadores trazerem tantas vezes à cena o amigo Fréron, o amigo Patouillet e o amigo Nonnotte. Mas eu suplico-lhe que considere que sou atacado continuamente naquilo que de mais precioso tenho no mundo por homens da mais profunda erudição, do maior mérito e reputação, sobre quem o Universo tem os olhos postos. É certo que esses grandes homens passarão à posteridade com a teologia do Reverendo Viret. O meu nome será trazido, porventura durante dois dias e apenas dois dias, ao tribunal soberano dessa posteridade. É claramente necessário que apresente um advogado. Damilaville e Thieriot tomaram a minha defesa. Eles estão mortos, e Deus sabe onde estão. Resta-me apenas o advogado do diabo.

No fundo, é disto que se trata: o irmão Nonnotte quis queimar-me neste mundo, como se tentou fazer com o irmão Guignard, o irmão Girard, o irmão Malagrida, o irmão Mathos, o irmão Alexandre, e tanto outros irmãos, e como de facto se queimaram alguns. Não satisfeito com esta caridade, quis enviar-me para o Inferno; e, o que é pior, quis que todos os séculos vindouros lhe dessem a preferência sobre mim. Ah, é de mais! Passo por condenado.

Mas esta posterioridade equânime, diante da qual nos lamentamos, que dirá ela de tudo isto? Nada.

Nota do editor. O Reverendo Nonnotte, ao qual o nosso autor reconhece uma reputação imensa, idêntica à sua erudição, foi efetivamente regente do quinto ano e chegou inclusive a pregar em algumas aldeias.

Foi ele que anotou todos os erros grosseiros do nosso autor e que teve a generosidade de querer vender-lhe toda a edição por dois mil ecus.

É verdade que o Reverendo Nonnotte não sabia que o famoso combate de São Pedro e São Paulo com Simão Mago, que ressuscitaria um familiar do imperador em Roma e que fazia os mais belos truques de magia, era um conto de Abdias e de Marcelo, repetido por Hegesipo, e coligido muito abertamente há muito tempo por Eusébio.

Não sabia que os imperadores romanos, ao permitirem as sinagogas aos judeus em Roma, toleravam também os cristãos, e que Trajano, quando escreveu a Plínio que «não era preciso perseguir os cristãos», lhes dava com estas palavras fundamentais a permissão tácita de exercer a sua religião secretamente; que, em suma, Trajano não era um perseguidor execrável, como esse bom jesuíta o descreve. É verdade que o nosso autor, quando disse na sua *História Geral* que «a ignorância mostra habitualmente Diocleciano como um inimigo armado continuamente contra os fiéis», este jesuíta rigoroso e solícito falsifica assim esta passagem: «A ignorância cristã, etc.», para arranjar amigos para o nosso autor.

Ele não sabia que o célebre doutor Dupin considera fábulas ridículas os pretensos martírios de São Clemente, de São Cesário, de São Domingos, de São Jacinto, de Santa Eudócia, de Santo Audócio, de São Rómulo, de São Zenão, de São Macário, tudo fábulas, diz, que é preciso juntar aos martírios de onze mil soldados e onze mil virgens (página 178, tomo II). O pobre homem não conhecia nem Dupin, nem Dodwell.

Ele não sabia que certos reis da primeira linhagem tinham tido muitas mulheres ao mesmo tempo, como o seu confrade Daniel admite a propósito de Gontran, de Théodebert e de Clotário II. Não tinha sequer lido Daniel.

Ele não sabia inclusive nada da história da confissão pública e secreta, embora andasse a confessar as raparigas. Não sabia a história da sinaxe e da missa, embora a tivesse dito.

Enfim, para resumir, não sabia mais acerca da fábula do que da Bíblia. Ele disse nesse belo livro, página 360, para justificar os seus pequenos equívocos: «Sou como Polifemo; exclamo com ele: *Video meliora proboque / Deteriora sequor.*» [Vejo o melhor e aprovo-o, mas sigo o pior.]

Não negamos que o Reverendo Nonnotte tenha um certo ar de Polifemo, mas cita-o muito mal; e que o senhor secretário dos breves, italiano sapientíssimo que leu o seu Ovídio, saiba muito bem que não é Polifemo, amante de Galateia, que diz: *Deteriora sequor.*

O senhor Damilaville, que se deu ao trabalho de assinalar os inúmeros disparates de Nonnotte, afirmou que ele escrevia o seu libelo com a ignorância de um pregador, o atrevimento de um jesuíta, as falsificações contínuas de um procurador de convento, a perfídia e a malvadez de um delator. Mas porque o nosso autor lhe perdoa, eu também lhe perdoo, e peço-lhe que se lembre de mim nas suas orações. (*Nota de Voltaire, 1773.*)

([6]) Referência aos irmãos de Witt. (*N. do T.*)

([7]) Referência a Madame de Brinvilliers, aristocrata francesa, acusada de matar pai e irmãos com o intuito de herdar os bens da família. (*N. do T.*)

([8]) Por «decretos» devemos entender apenas as opiniões passageiras dos homens, que querem fazer passar as suas opiniões particulares por leis gerais. (*Nota de Voltaire, 1756.*)

([9]) «Cada homem» significa claramente cada particular que quer apresentar-se como legislador; e não se trata aqui senão dos outros cultos, como se declarou no começo da primeira parte. (*Nota de Voltaire, 1756.*)

([10]) Não se podia prever então que as chamas consumiriam uma parte dessa cidade maravilhosa, na qual se acenderam fogueiras demasiadas vezes. (*Nota de Voltaire, 1756.*)

([11]) Respeita-se esta máxima: «Fora da Igreja não há salvação»; mas todos os homens sensatos acham ridículo e abominável que certos indivíduos ousem empregar esta sentença geral e cominatória contra homens que são seus superiores e senhores em todos os aspetos: os homens razoáveis não a usam assim. Alguma vez o arcebispo Tillotson escreveria ao arcebispo Fénelon «Estais condenado», ou um rei de Portugal escreveria a um rei de Inglaterra que lhe envia auxílio: «Meu irmão, ide todos para o diabo»? A proclamação de castigos eternos aos que não pensam como nós é uma arma antiga que se permite sabiamente que repouse no arsenal e de que nenhum particular tem permissão para se servir. (*Nota de Voltaire, 1756.*)

(12) O modesto e sábio Locke é conhecido por ter desenvolvido todo o curso do entendimento humano e por ter mostrado os limites do seu poder. Convencido da fraqueza humana, e imbuído do poder infinito do Criador, afirmou que não conhecemos a natureza da nossa alma senão através da fé; afirmou que o homem não tem por si mesmo luzes suficientes para assegurar que Deus não pode comunicar o pensamento a todo o ser ao qual se digne dar este presente, mesmo à própria matéria.

Quem estava ainda na ignorância, levantou-se contra ele. Entusiasmados por um cartesianismo tão falso em tudo quanto o peripatetismo, acreditavam que a matéria não passava da extensão enquanto comprimento, largura e profundidade. Não sabiam que ela gravitava em torno de um centro, que tinha a força da inércia e outras propriedades; que os seus elementos são invisíveis, ao passo que os seus compostos se dividem constantemente. Eles limitavam o poder do Ser omnipotente; não chegavam à conclusão de que após todas as descobertas sobre a matéria, não conhecemos o âmago desse ser. Eles deviam pensar que há muito que nos interrogamos se o entendimento humano é uma faculdade ou uma substância; deviam interrogar-se a si mesmos e sentir que os nossos conhecimentos são demasiado limitados para sondar esse abismo.

A faculdade que os animais têm de se mover não é uma substância, um ser à parte; pensa-se que é um dom do Criador. Locke diz que este mesmo Criador pode assim fazer um dom do pensamento a um qualquer ser que se digne escolher. Segundo esta hipótese, que nos submete mais do que qualquer outra ao Ser supremo, o pensamento atribuído a um elemento de matéria não é menos puro, menos imortal do que segundo qualquer outra hipótese. Este elemento indivisível é imperecível: o pensamento pode seguramente subsistir para sempre com ele, quando o corpo se tiver dissolvido. É isto que Locke propõe sem afirmar. Ele diz o que Deus podia fazer, e não o que Deus fez. Não sabe o que é a matéria; admite que entre ela e Deus pode existir uma infinidade de substâncias criadas totalmente diferentes umas das outras. A luz, o fogo elementar, parecem, com efeito, como se disse nos *Elementos* de Newton, uma substância intermédia entre esse ser desconhecido, nomeado matéria, e outros seres ainda mais desconhecidos. A luz não tende para um centro como a matéria, ela não parece impenetrável; Newton também diz amiúde na sua *Óptica*: «Não examino se os raios de luz são corpo ou não.»

Locke diz, todavia, que pode existir um número infinito de substâncias, e que Deus é o soberano capaz de atribuir ideias a essas substâncias. Não podemos adivinhar por que arte divina um ser, seja ele qual for, tem ideais; estamos muito longe disso. Nunca saberemos como uma minhoca tem o poder de se mover. Em todas estas questões temos de apelar a Deus e sentir o seu vazio. É esta a filosofia deste homem, tanto maior quanto mais simples é. E é a essa submissão a Deus que se ousou chamar impiedade; e foi aos seus seguidores, convencidos da imortalidade da alma, que chamámos materialistas; e foi a um homem como Locke que um escrevinhador da física chamou «enfadonho».

Ainda que Locke se enganasse sobre este ponto (se contudo for possível alguém se enganar não afirmando nada), isso não impede que não seja digno do elogio que lhe fazemos aqui: ele foi o primeiro, creio eu, a mostrar que não conhecemos nenhum axioma antes de ter conhecido as verdades particulares; foi o primeiro a fazer ver o que é a identidade, e o que é ser a mesma pessoa, o mesmo «eu»; foi o primeiro a provar a falsidade do sistema de ideias inatas. A este respeito, sublinharei que existem escolas que anatematizaram as ideias inatas quando Descartes as estabeleceu e que anatematizaram a seguir os adversários das ideias inatas quando Locke as destruiu. É assim que pensam os homens que não são filósofos. (*Nota de Voltaire, 1756.*)

([13]) Não se deve entender aqui a Igreja Católica, mas o punhal de um eclesiástico, o fanatismo abominável de alguns homens de igreja desse tempo, detestado pela Igreja de todos os tempos. (*Nota de Voltaire, 1756.*)

([14]) Luís XIV. (*N. do T.*)

([15]) Este ridículo, tão universalmente sentido por todas as nações, desce sobre as grandes intrigas nascidas de pequenas coisas, sobre o ódio encarniçado de dois partidos que nunca se conseguiram entender, sobre os mais de quatro mil volumes impressos. (*Nota de Voltaire, 1756.*)

([16]) Galinhas criadas exclusivamente para uso dos augures. (*N. do T.*)

([17]) Isto não significa que cada ordem do Estado não tenha as suas distinções, os seus privilégios ligados inevitavelmente às suas funções. Elas gozam desses privilégios em todos os países; mas a lei geral liga igualmente toda a gente. (*Nota de Voltaire, 1756.*)

Índice

TEXTOS FILOSÓFICOS

1. *Crítica da Razão Prática*, Immanuel Kant
2. *Investigação sobre o Entendimento Humano*, David Hume
3. *Crepúsculo dos Ídolos*, Friedrich Nietzsche
4. *Discurso de Metafísica*, Immanuel Kant
5. *Os Progressos da Metafísica*, Immanuel Kant
6. *Regras para a Direcção do Espírito*, René Descartes
7. *Fundamentação da Metafísica dos Costumes*, Immanuel Kant
8. *A Ideia da Fenomenologia*, Edmund Husserl
9. *Discurso do Método*, René Descartes
10. *Ponto de Vista Explicativo da Minha Obra de Escritor*, Sören Kierkegaard
11. *A Filosofia na Idade Trágica dos Gregos*, Friedrich Nietzsche
12. *Carta sobre a Tolerância*, John Locke
13. *Prolegómenos a Toda a Metafísica Futura*, Immanuel Kant
14. *Tratado da Reforma do Entendimento*, Bento de Espinosa
15. *Simbolismo: Seu Significado e Efeito*, Alfred North Withehead
16. *Ensaio sobre os Dados Imediatos da Consciência*, Henri Bergson
17. *Enciclopédia das Ciência Filosóficas em Epítome (Vol. I)*, Georg Wilhelm Friedrich Hegel
18. *A Paz Perpétua e Outros Opúsculos*, Immanuel Kant
19. *Diálogo sobre a Felicidade*, Santo Agostinho
20. *Princípios da Filosofia do Futuro*, Ludwig Feuerbach
21. *Enciclopédia das Ciência Filosóficas em Epítome (Vol. II)*, Georg Wilhelm Friedrich Hegel
22. *Manuscritos Económico-Filosóficos*, Karl Marx
23. *Propedêutica Filosófica*, Georg Wilhelm Friedrich Hegel
24. *O Anticristo*, Friedrich Nietzsche
25. *Discurso sobre a Dignidade do Homem*, Giovanni Pico della Mirandola
26. *Ecce Homo*, Friedrich Nietzsche
27. *O Materialismo Racional*, Gaston Bachelard
28. *Princípios Metafísicos da Ciência da Natureza*, Immanuel Kant
29. *Diálogo de um Filósofo Cristão e de um Filósofo Chinês*, Nicholas Malebranche
30. *O Sistema da Vida Ética*, Georg Wilhelm Friedrich Hegel
31. *Introdução à História da Filosofia*, Georg Wilhelm Friedrich Hegel
32. *As Conferências de Paris*, Edmund Husserl
33. *Teoria das Concepções do Mundo*, Wilhelm Dilthey
34. *A Religião nos Limites da Simples Razão*, Immanuel Kant
35. *Enciclopédia das Ciência Filosóficas em Epítome (Vol. III)*, Georg Wilhelm Friedrich Hegel
36. *Investigações Filosóficas sobre a Essência da Liberdade Humana*, F. W. J. Schelling
37. *O Conflito das Faculdades*, Immanuel Kant
38. *Morte e Sobrevivência*, Max Scheler
39. *A Razão na História*, Georg Wilhelm Friedrich Hegel
40. *O Novo Espírito Científico*, Gaston Bachelard
41. *Sobre a Metafísica do Ser no Tempo*, Henrique de Gand
42. *Princípios de Filosofia*, René Descartes
43. *Tratado do Primeiro Princípio*, João Duns Escoto
44. *Ensaio sobre a Verdadeira Origem, Extensão e Fim do Governo Civil*, John Locke
45. *A Unidade do Intelecto contra os Averroístas*, São Tomás de Aquino
46. *A Guerra e A Queixa da Paz*, Erasmo de Roterdão
47. *Lições sobre a Vocação do Sábio*, Johann Gottlieb Fichte
48. *Dos Deveres (De Officiis)*, Cícero
49. *Da Alma (De Anima)*, Aristóteles
50. *A Evolução Criadora*, Henri Bergson
51. *Psicologia e Compreensão*, Wilhelm Dilthey
52. *Deus e a Filosofia*, Étienne Gilson
53. *Metafísica dos Costumes, Parte I, Princípios Metafísicos da Doutrina do Direito*, Immanuel Kant
54. *Metafísica dos Costumes, Parte II, Princípios Metafísicos da Doutrina da Virtude*, Immanuel Kant
55. *Leis. Vol. I*, Platão
58. *Diálogos sobre a Religião Natural*, David Hume
59. *Sobre a Liberdade*, John Stuart Mill
60. *Dois Tratados do Governo Civil*, John Locke
61. *Nova Atlântida* e *A Grande Instauração*, Francis Bacon
62. *Do Espírito das Leis*, Montesquieu
63. *Observações sobre o sentimento do belo e do sublime* e *Ensaio sobre as doenças mentais*, Immanuel Kant

64. *Sobre a Pedagogia*, Immanuel Kant
65. *Pensamentos Filosóficos*, Denis Diderot
66. *Uma Investigação Filosófica acerca da Origem das nossas Ideias do Sublime e do Belo*, Edmund Burke
67. *Autobiografia*, John Stuart Mill
68. *Explicação do Pai Nosso*, Martinho Lutero
69. *Arrependimento e Renascimento*, Max Scheler
70. *Discurso sobre as Ciências e as Artes* seguido de *Cartas sobre a Polémica*, Jean-Jacques Rousseau
71. *Alguns Pensamentos sobre a Educação*, John Locke
72. *Escritos sobre o Terramoto de Lisboa*, Immanuel Kant
73. *As Duas Fontes da Moral e da Religião*, Henri Bergosn
74. *Pequeno Manuel de Candidatura Política*, Marco Túlio Cícero
75. *Nova Dedução do Direito Natural*, F. W. J. Schelling
76. *Discurso sobre a Origem e os Fundamentos da Desigualdade entre os Homens*, Jean-Jacques Rousseau
77. *Cartas Morais, seguido de Correspondência sobre a Providência, a Sociedade e o Mal*, Jean-Jacques Rousseau
78. *O Mundo como Vontade e Representação*, Arthur Schopenhauer
79. *Metafísica*, Aristóteles
80. *Homens Representativos*, Ralph Waldo Emerson
81. *Alguns Problemas de Filosofia*, William James
82. *Física*, Aristóteles
83. *Do Padrão do Gosto e outros ensaios sobre as Artes e a Beleza*, David Hume